バウムヴォリの小さなお話

Рахиль Баумволь

ラヒリ・バウムヴォリ作
相場妙 訳

群像社

バウムヴォリの小さなお話　目次

0 おとぎ話はやめてください！…… 11
1 アナグマとあな…… 12
2 ハリネズミのおじいさん…… 13
3 青いミトン…… 14
4 冬のあいさつ…… 17
5 岩と小川…… 21
6 春のはじめ…… 23
7 はじめての教訓…… 27
8 母さんグマ、子グマたちを探す…… 29
9 野いちご…… 33
10 きのこ採り…… 36
11 大根のしっぽ…… 39
12 チェックもようのガチョウ…… 41
13 わかいおんどりと毛虫…… 44
14 ブーツ…… 47
15 水がめ…… 49
16 雨上がり…… 52
17 おはよう！…… 53
18 空飛ぶスカーフ…… 54
19 は　ね…… 58
20 ひとつ屋根の下で…… 60
21 チョウとハエ…… 63
22 新しい家…… 64
23 カタツムリの旅…… 65
24 カエルと石…… 67
25 キュウリとキャベツ…… 70

26 オレンジとリンゴ……71
27 キュウリの塩づけ……72
28 ぜんぶいっぺん……73
29 めざまし時計……77
30 寝すごさないように……78
31 虫と木の実……79
32 秘　密……80
33 リスとカササギ……82
34 しつこい野ウサギ……84
35 ウサギのお母さんたち……87
36 ロバは、おどろかない……88
37 スズメのふつう……89
38 それぞれの道を……90
39 ザリガニの旅……91
40 軽やかな生き方……95
41 とうがらしとスイカ……96
42 釘と壁……97
43 ロバのさとり……98
44 ゾウとハタリス……99
45 見えていない……100
46 豆のうったえ……101
47 太陽が仕事を探した話……102
48 めっけもん……104
49 透かしもようの影……107
50 ケチのひとつかみ……109
51 王室のハエ……110

52 あとの祭り…… 112
53 小　川…… 113
54 山と風…… 115
55 薬剤師のコショウ…… 116
56 お祈り…… 117
57 ほしぶどう…… 118
58 し　わ…… 119
59 砂糖の笑顔…… 120
60 やぶ医者…… 121
61 えらい人が亡くなったとき…… 122
62 高いところに上げられたもの…… 123
63 ウサギの進化…… 124
64 二匹のガマガエル…… 125
65 何が書かれているか…… 127
66 アーデモナイ・コーデモナイ…… 129
67 頭がない…… 132
68 とんちんかん…… 133
69 クモの手品師…… 134
70 きのこ…… 136
71 耳と声…… 139
72 水の言葉…… 140
73 ほかの言葉はありえない…… 141
74 まんなか…… 144
75 ライオンの命令…… 146
76 さかさまの森…… 147
77 森の改修工事…… 149

78 木いちご……150
79 流れにさからって……152
80 年よりの野ウシ……154
81 礼儀正しいオオカミ……155
82 おそろしいうそ……156
83 ひとつかみ……157
84 半分ほんとう……160
85 オオカミヒツジ……161
86 毛　皮……163
87 生き残り……164
88 足あと……166
89 はだし……167
90 みんな満足……168
91 わかいツル……172
92 小さな野原で……174
93 かごのなかの友だち……177
94 灰色の羽根の話……181
95 夏の一日……184
96 小さな光の島々……188
97 雨のち晴れ……189
98 よろこび……190
99 ゾウのこと……192
100 石……194
訳者あとがき　195

バウムヴォリの小さなお話

0　おとぎ話はやめてください！

いつだったか、わたしは、ある人が、怒った調子で相手にこう言うのを耳にしました。

「おとぎ話はやめてください！」

そのとき、わたしは思ったんです。ひとつ、おとぎ話でもしてあげたほうがいいんじゃないかしら。あの人が怒《いか》りをわすれるような、あの人の子どもたちや、またその子どもたちが、怒りんぼうで、つまらない大人にならないような、そんなおとぎ話を。

そんなの無理ですって？　あなたこそ、おとぎ話はやめてください！

1　アナグマとあな

あるとき、森のなかで、落ち葉や枯れ枝をごそごそやっていたアナグマは、からっぽの古いあなを見つけました。アナグマは、さっそくなかにもぐりこもうとしました。ところが、あなは、アナグマを入れようとしません。あなが言うには、

「はいってもしょうがないよ。ここは暗いし、からっぽだし、寒いから」

アナグマは、入り口のまわりの落ち葉や枯れ枝をみんなどかしてから言いました。

「これでもう、暗くないよ」

それから、なかにはいりこむと言いました。

「これでもう、からっぽじゃないよ」

しばらく横になってから、アナグマは、こうつけたしました。

「それにもう、寒くないよ」

2　ハリネズミのおじいさん

古い森の、古い池のそばに、ハリネズミのおじいさんがすんでいます。ハリネズミのおじいさんは、なんでもできます。せんたくも、アイロンがけも、ぬいものも。

草の上に木の葉の影が落ちてシミをつくれば、ハリネズミのおじいさんは、池から水をくんできてせんたくをします。ごしごし、ごしごし、一時間も、二時間も。ふと見れば、シミはもうありません。――木の葉の影が動いたんですね。

風がやわらかな草をしわくちゃにすると、さっそくあらわれたハリネズミのおじいさん、ひなたからあつあつの平たい小石を運んできて、アイロンがけをはじめます。小石のアイロンをちょっとあてただけで、草は、たちまちピンともとどおり。――風がやんだのですね。

池の浮き草がやぶけたら、ハリネズミのおじいさんは、松葉の針にクモの糸をすぃーっと通して、やぶけたところをぬいあわせます。ぬいものが終わったら、松葉の針は、自分のチョッキの針山にさしますが、あとで見つけだせなくなってしまうんですって。

3　青いミトン

氷の張った川に、あながふたつあいていました。ひとつのあなでは、おじいさんが釣りをして、もうひとつのあなでは、孫の女の子がせんたくをしていました。せんたくを終えた女の子は、青い毛糸のミトンをはめようとしました。ところが、かたほうのミトンをあなに落としてしまいました。

川に落ちたミトンは、親指を背びれのように動かして、氷の下をゆうゆうと泳いでいきました。

それを見た魚たちは、目を丸くして口々にたずねました。

「青い魚さん、きみの名前はなんていうの？」

「ミトン、だよ」

「どこから来たの？」

「手から、だよ」

ミトンは、「手から」と言ったのに、魚たちには「上手《かみて》から」にきこえましたので、魚たちは、このきみょうな青い魚は、川の上流からやってきたのだと思いました。魚たちは、次々とミトンにあいさつにやってきました。ところが、一匹のわかい魚がミトンに近づきすぎて、うろこを毛糸に引っかけてしまいました。

わかい魚は、びっくりしました。見知らぬ魚につかまって、食べられてしまうと思ったのです。こわくなったわかい魚は、身をよじり、いちもくさんに逃げだしました。うろこに引っぱられて、ちぢれた青い毛糸が、ほつれはじめました。わかい魚が青い毛糸をうろこに引っかけたまま、氷の下を川じゅう走ったものですから、青いミトンは、どんどんほどけていきました

もうひとつのあなの下まで、わかい魚は、あっというまにたどりつきました。ところが、ほっとするまもなく、ちぢれた青い毛糸ごと、おじいさんに釣りあげられてしまったのです。

「おや、めずらしいこともあるものだ！」

おじいさんは、魚にからみついた毛糸をはずし、マッチ箱に巻きつけていきました。くるくる、くるくる、毛糸をたぐりよせ、川から毛糸をすっかり引きあげると、大きな毛糸の玉ができました。

そこへ、孫の女の子が、かけてきました。

「おじいちゃん、手ぶくろかたっぽう、あなに落としちゃった！」

おじいさんは、びしょぬれの、青い毛糸の玉を指さして言いました。

「ほうれ、そこに、わしが釣りあげておいたよ」

びくのなかでは、あのわかい魚が、尾びれをバタバタさせていました。その毛糸は魚だったんだよ、って話したくてたまらなかったのかもしれませんね。

4　冬のあいさつ

ある朝、リスが目をさますと、野原も森も、すっかり雪におおわれていました。空には、花びらのような雪が舞っています。

リスは、いいことを思いつきました。

〈雪をひとひら、野ウサギに送ってあげよう！　冬のあいさつにぴったりだ〉

さっそく、リスは、いちばんきれいな雪をえらびました。とげとげしたおもしろいかたちの、きらきら光る小さな雪の結晶です。リスはそれを、ちょんとついて言いました。

「転がっていけ、ひとひらの雪、転がっていけ。まっすぐ、野ウサギのところまで。リスからの、冬のあいさつをとどけておくれ」

ひとひらの雪が転がっていくと、次から次へと新しい雪がくっついてきました。ひとひらの雪は、雪まみれになってもおかまいなしに、どんどん大きくなっていきました。そして、野ウサギのところについたときにはもう、ひとひらの雪ではなくなっていました。まっ白でまん丸の、小さな雪の玉になっていたのです。

小さな雪の玉を見た野ウサギは、おおよろこび。あっちに転がし、こっちに転がしているうちに、いいことを思いつきました。

〈この小さな雪の玉、キツネに送ってあげよう！　冬のあいさつにぴったりだ〉

さっそく、野ウサギは、小さな雪の玉を、トンとついて言いました。

「転がっていけ、小さな雪の玉、転がっていけ。まっすぐ、キツネのところまで。野ウサギからの、冬のあいさつをとどけておくれ」

小さな雪の玉が転がっていくと、次から次へと新しい雪がくっついてきました。小さな雪の玉は、そんなことはおかまいなしに、どんどん大きくなっていきました。そして、キツネのところについたときにはもう、小さな雪の玉ではなくなっていました。まっ白で大きな雪の玉になっていたのです。

大きな雪の玉を見たキツネは、おおよろこび。まわりをぐるぐるまわっているうちに、いいことを思いつきました。

〈この大きな雪の玉、クマに送ってあげよう！　冬のあいさつにぴったりだ〉

さっそく、キツネは、いきおいをつけて、ドンと力いっぱい大きな雪の玉にぶつかりました。

「転がっていけ、大きな雪の玉、転がっていけ。まっすぐ、クマのところまで。キツネからの、冬のあいさつをとどけておくれ」

大きな雪の玉が転がっていくと、次から次へと新しい雪がくっついてきました。大きな雪の玉は、そんなことはおかまいなしに、どんどん大きくなっていきました。そして、クマのところについたときにはもう、大きな雪の玉ではなくなっていました。まっ白な、雪の山になっていたのです。

目をさましたクマが、ねぐらから出てみると、目の前に雪の山が立ちはだかっていました。

「うちの玄関を雪でふさいだのは、どこのどいつだ」

クマは、ぶつくさ言いながら、体当たりをして雪の山をどかそうとしました。でも、考えなおしてやめてしまいました。めんどうになったのです。

〈やっぱり、もうひと眠りしてからにしよう。ほうっておいても、なんとかなるかもしれない〉

ねぐらにもどったクマは、手をなめながら、また眠りに落ちていきました。

次にクマが、ねぐらからはいだしてきたときには、もうあちこちで雪どけがはじまっていました。

空気のにおいをかいで、雪をひとなめして、ぼさぼさの毛もそのまま、じっと立つクマ。鼻先には、太陽の光を受けて、ひとつぶのしずくがきらめいています。

なんと、そのしずくこそ、このお話のはじめにリスが野ウサギに送った、あのひとひらの雪が、とけたものだったんですよ。

5　岩と小川

おや、岩と小川が、おしゃべりをしているようですね。

「なにか言ってみて」

岩がたのむと、

「さらさら、ちゃぷん」

小川がこたえます。

「ねえ、もっとなにか」

「ちょろちょろ、ぱしゃん……」

「すごいなあ、ぼくには思いつきもしないよ」

つるっとしたひたいを光らせて、岩は、ためいきをつきます。

小川は、遠くから走ってきては、巻き毛のふさのようなさざなみで、ざらざらした岩のほおをやさしくなで、また走り去っていきます。岩は、せせらぎに、大きな灰色の耳をよせます。

「ちゃぷちゃぷ、ぱしゃぱしゃ、こぽっ」

「これまた新しいぞ！」

6　春のはじめ

野ウサギが目をさますと、森の雪はもうとけていました。野ウサギはおおいそぎで、モグラが管理人をしている森のトランクルームへ走っていきました。今着ている白い毛皮のコートを、あずけていた灰色の毛皮のコートに替えてもらうためです。

ひさしぶりに灰色のコートに着替えて、トランクルームから出てきた野ウサギは、うきうきしながら言いました。

「あたりはすっかり灰色で、そして、ぼくも灰色だ。つまり、猟師はぼくに気づかない。猟師がぼくに気づかないってことは、ぼくは生きのびるってこと。ぼくが生きのびるってことは、ふわっふわの美しいウサギのおじょうさんと結婚して、ふわっふわのかわいい子ウサギたちが生まれるってこと。そして、ぼくはその父さんになるってこと。それって、ほんとにすてきだな！」

野ウサギは、家にむかって走りだしました。

ところが半分もいかないうちに大雪が降りだしてきて、見わたすかぎり雪でまっ白になってしまいました。

「えー!?」

野ウサギは、あわてていま来た道を引き返しました。灰色の毛皮のコートを、もとの白い毛皮のコートに替えてもらうためです。

野ウサギのたのみを聞いたモグラは、ふきげんそうに言いました。

「またおまえさんのために、地下におりなくちゃならないのかい。もっとよく考えて行動してくれよ」

長いことほりかえしてやっと、モグラは、野ウサギの白い毛皮のコートを取ってきました。

野ウサギは、またたのしい気分になって、森のなかをかけていきながら考えました。

〈あたりはすっかりまっ白で、そして、ぼくもまっ白だ。だとしたら、猟師は、ぼくに気づかない。つまり、ぼくは生きのびるってこと！　美しいウサギのおじょうさんと結婚して、かわいい子ウサギたちが生まれるってこと。そして、その父さんになるってこと。それって、すてきだな！〉

ところが、しらかばの林をぬけないうちに太陽が顔をのぞかせて、また雪がとけてしまったのです。

野ウサギは、おおあわてで森のトランクルームにかけもどり、モグラに泣きつきました。

「やさしいモグラさん、どうか怒らないで！　白いコートを着ているわけにはいかないんだ。雪がまたとけてしまったんだよ！　灰色のコートのままでいたら、猟師はぼくに気づいてしまう。猟師がぼくに気づいてしまうってことは、ぼくは生きのびないってことで、それはつまり、ぼくは結婚しないってことで、子ウサギたちも生まれないってこと。それって最悪だよね」

「べつに、最悪なことはないよ」

モグラは言いました。

「雪が降ろうがとけようが、こっちは知ったこっちゃないし、知りたくもない。おまえさんが来たあと、ここでどれだけたくさんの衣《ころも》がえがあったと思う？　わしの目じゃ、おまえさんのコートなんて、もう見つかりっこないわい」

そうは言いながらも、モグラは地下におりてくれました。そしてひとつずつ、野ウサギのところにコートをもってきては、これか？　とたずねました。そのたびに野ウサギは、かなしそうに、こうこたえるのでした。

「いいや、それ、灰色ですらない」

それでも、ようやく自分の灰色のコートが見つかって、衣がえをすませた野ウサギでしたが、外に一歩出たとたん、泣きだしそうになりました。森の木々も地面も、またまっ白になっていたのです。野ウサギは、その場で動けなくなりました。灰色のコートで帰るのはこわかったし、かといって、モグラのところには、さすがにもうもどれません。耳をぴたりとふせ、ふるえながら、ちぢこまるしかありませんでした。野ウサギの〈勇気〉は、とっくに胸のあたりから逃げだして、かかとのなかにかくれてしまいましたし、そのかかとは雪のなかにかくれていました。（つまり、かかとがかくれるぐらいの、ちょっとした雪だったということです。）

おびえきった野ウサギが、ぎゅっと目をつむったまま、うとうとしたのか、しなかったのかはわかりません。ふたたび野ウサギが目をひらいたときには、雪はもうどこにもありませんでした。あたりはすっかり灰色で、うっすら緑色に見えるところさえありました。うす緑色のかすみが、野にも、しらかばの林にも広がっていました。それはなんと美しい野で、なんとかぐわしい林だったことでしょう。

野ウサギは、タッと地面をけってかけだしました。走って、跳んで、宙返りして、また走って。ぬれた切りかぶが、日差しを浴びてかがやいているのを見た野ウサギは、うれしさのあまり前足で切りかぶをたたきはじめました。タカタカタカタカッと、ドラマーみたいに。

するとしげみのなかから……、灰色の、ふわっふわの美しいウサギのおじょうさんが、あらわれたのです！

7　はじめての教訓

森のシジュウカラに、ひながかえりました。羽もまだかわいていませんし、頭にはたまごのからがくっついたままでした。でも、ひな鳥は、もう自分のことを大人だと思いこんで、こう言いだしました。

「巣から出たい」

「おやまあ、なにを言いだすの⁉　外は雨よ！」

母鳥は、びっくりしました。

「雨なんて、ない」

雨なんてまだ見たこともないくせに、ひな鳥はこう言いはなって、巣から出ようとしました。

そのときです。大きな雨つぶが落ちてきて、ひな鳥のやわらかなくちばしをたたいたのです。とつぜんのふいうちに、ひな鳥はよろけて巣のなかに転げ落ちてしまいました。

母鳥にしがみつきながら、ひな鳥は、おそるおそるたずねました。

「い、いまの何?」

「いまのは、おまえが、はじめて鼻をはじかれた、ということですよ」

8　母さんグマ、子グマたちを探す

母さんグマが、子グマたちを呼びにいこうと、巣あなから出てきたときには、あたりはもう、すっかり暗くなっていました。母さんグマは野原じゅうをさがしましたが、子グマたちのすがたはどこにもありませんでした。

〈きっと、ライオンの子どもたちに、おやすみを言いにいったのね〉

そう思った母さんグマは、ライオンの住むほらあなをたずねました。でも、子グマたちは、いませんでした。ライオンの子どもたちは、生えたてのたてがみとたてがみをよせあって、すやすや寝息を立てていました。

〈それならきっと、トラのところにおじゃましているんだわ〉

そう思った母さんグマは、トラのところにも行ってみました。でも、トラのところにも、子グマたちはいませんでした。トラの子どもたちは、しまもようとしまもようをよせあって、グーグーいびきをかいていました。

〈ひょっとしたら、ヒョウのところにもぐりこんでいるのかも〉

でも、子グマたちは、ヒョウのところにもいませんでした。ヒョウの子どもたちは、まだらとまだらをよせあって、ぐっすり眠りこけていました。

〈野ウサギのところには、いるわけないわ。野ウサギの子どもたちは、とっくに寝ているはずだから。長い耳と耳をよせあって、グースカ、ピースカ、高いびきにきまってる。でもいったい、うちの子グマたちはどこに行ったのかしら？〉

母さんグマが、森のしげみというしげみをくんくんかいでまわっていると、ばったり、父さんグマにあいました。父さんグマは、木いちご畑からもどってきたところでした。

「どうしたんだい？」

「うちの子グマたちをさがしているのよ。もう寝る時間なのに、見つからないの」

「ライオンのところは、さがしたのかい？」

「ええ、でもいなかったの。ライオンの子どもたちは、生えたてのたてがみとたてがみをよせあって、ぐっすりよ」

「トラのところには、行ってみたのかい？」

「もちろんよ。でもいなかったの。トラの子どもたちも、しまもようとしまもようをよせあって、ぐっすりよ」

「ヒョウには、聞いてみたのかい？」

「あたりまえじゃない。でも、いなかったの。ヒョウの子どもたちも、まだらとまだらをよせあって、ぐっすりよ」

「野ウサギのところは、のぞいてもしょうがないだろうなあ……」

「そうね、しょうがないわね。野ウサギの子どもたちは、長い耳と耳をよせあって、ぐっすりのはずだから」

「ひょっとして、うちの子グマたちは、こうしてさがしているあいだに、もう家に帰っているんじゃないのかい？」

「え？　帰っている、ですって？」

「そう、帰っているのさ」

「だれが？　うちの子グマたちが？」

「そう、うちの子グマたちが」

「家に帰っている、というの？」

「そう、家に帰っている、というのさ」

「それなら、もどってみましょうよ」

父さんグマと母さんグマが、家に帰ってみると、巣あなのなかには、子グマたちのすがたがありました。子グマたちは、まん丸のしっぽとしっぽをよせあって、とっくの昔に眠りについていたのです。

「しーっ、子グマたちを起こしちゃだめよ」

9 野いちご

むかし、むかし、森のなかに、トウヒの木のおばあさんがすんでいました。あるとき、トウヒの木のおばあさんは、近くの草の上に、ぽつんと小さな赤い点があるのに気がつきました。

「野いちごがあらわれた！」

トウヒの木のおばあさんは、うれしくなりました。でも、何の種類の野いちごだか、どうしてもわかりませんでした。

〈オランダイチゴはもう終わったし、コケモモにしては早すぎる〉

とうの野いちごも、自分がだれかを知りませんでした。でも、あらわれたそばから、もうだだをこねはじめました。

「ねえ、だっこして。ねえ、おんぶして」

トウヒの木のおばあさんは、緑のスカートをザワザワさせながら言いきかせました。

「いいかい、わたしの孫におなり。そして、おんぶだ、だっこだ言うのはおやめなさい。

鳥がおまえの声を聞きつけて、ついばみにくるかもしれないし、人間に見つかったら、かごに入れられて、森から連れ去られてしまうかもしれないよ」

野いちごは、トウヒの木のおばあさんの孫になり、なにふじゆうなく暮らしてゆきました。鳥たちがついばむこともなく、子どもたちが手を出すこともなく、いつまでもしなびずに、草の上でもえたつような赤色にかがやいていましたので、トウヒの木のおばあさんは、うれしくてしかたがありませんでした。

「野いちごや、かわいい孫や、おまえは風がふいてもびくともせず、冷たい雨をこわがりもしない。おまえは、わたしのじまんだよ」

秋もくれたある日のこと、人間の男の子と女の子が、そばを通りかかりました。

「あ、野いちごだ！」

男の子が、声をあげました。

かがんでその赤いつぶを拾いあげた女の子は、しげしげとながめてから笑いだしました。

「これ、とんぼ玉じゃない！　ほら、こんなにかたいし、あなもあいている！」

「じゃあ、すてちゃいなよ」

と、男の子は言いました。

「とんぼ玉ひとつ持ってたって、どうしようもないよ。草の上にあったほうが、野いちごみたいで、きれいだよ」

女の子は、とんぼ玉を、トウヒの木のおばあさんの根もとに放りました。

ふりかえり、ふりかえり、子どもたちは行ってしまいました。

トウヒの木のおばあさんは、せんたくのりのきいた緑のスカートのような枝葉をバサバサとゆすりました。野いちごが、自分のもとに残ったのが、うれしかったのです。

野いちごは、時とともに自分がとんぼ玉だということをわすれていき、トウヒの木のおばあさんに、おんぶやだっこをせがむこともなくなりました。森の暮らしは、それはそれは、幸せなものでした。

10　きのこ採り

夏の朝早く、おばあさんが森の小道を歩いていると、むこうから、おさげがぴょんぴょんはねている、しかめっつらの女の子がやってきました。女の子は、からのかごをさげていました。

「ねえ、おばあさん、きのこって、どこに生えてるの？」

おばあさんを見るなり、女の子はこうたずねました。

おばあさんは、わらってこたえました。

「おじょうさん、今はきのこなんて生えてないよ。雨が長いこと降っていないからね」

女の子は、さっきよりさらに顔をしかめて、くりかえしました。

「きのこは、どこに生えてるのって聞いてるの！」

「森じゅうに生えているさ。雨のあがったあとだったら。でも、今は地面がかわいているだろう、どこにも生えてはいないよ」

でも女の子はもう、まゆとまゆがくっついてしまうほど、けわしい顔をして言いました。

「おばあさんは、きのこがどこに生えているか、わたしに教えたくないんだ。そうなんだ……」

「よし、よし、わかったよ。そこまで言うなら、教えてあげよう」

おばあさんは、にっこりしてこう続けました。

「そのかわり、わたしの言うことをよく聞いて、しっかり道順をおぼえるんだよ。――まず、この小道をまっすぐお行き。そして、最初の白いちょうちょにであったら、右に曲がって、むかい風とぶつかるところまで進んでから、ちょっと左にはいるんだよ。そして、黒い雲がおひさまの上にひろがって、小雨が降ってくるまで歩いていきなさい。そこで、こんもりした木を見つけて、その下におはいり。でもただ立っているだけなのもつまらないだろうから、雨つぶを数えるといい。雨つぶをぜんぶ数え終えたら、また先へお行き。十番目の水たまりについたら、草の上のいちばん大きなしずくを見つけて、そのしずくがかわくまで待っていれば、そのころには、おひさまも出てくる。そうしたら、きのこも顔を出すよ。きのこを見つけることができたら、おまえさんがまよわずに正しい道を来たってことさ」

女の子は、注意深くおばあさんの言うことを聞いていましたが、ちょっと考えてから、こう言いました。

「どうして、そんなにぐるぐる回らないといけないの？　わたし、やっぱり家に帰る。次に雨が降ったあと、もう一度森にきのこを採りに来る」

「わたしゃ、はじめからそう言ったよ。でも、おまえさんが、あまりにもがんこだったものだから」

おばあさんは、にこにこして言いました。

11　大根のしっぽ

あるところに、まったく言うことをきかないネズミのしっぽがありました。ネズミがいそいで巣あなにとびこんでも、しっぽは、いつもちょっとおくれて外に残ってしまうのです。

「ネズミのしっぽとして生きていくには、もっときびきびしないといけないよ。いつなんどき、ネコのするどいつめのえじきになるか、わからないからね」

ネズミがいくら言いきかせても、しっぽはあいかわらずマイペースで、より道ばかりしていました。

ある晩のことです。散歩を終えたネズミは、さっさと自分の巣あなにもぐりこみました。ところがしっぽは、いつものようにに外でぐずぐずしていました。そこへ、どこからともなく、ネコがあらわれました。ネコは、舌なめずりをしながら言いました。

「ネズミのしっぽだ、とうとう見つけたぞ！」

ところが、しっぽは言いました。

「ネズミのしっぽじゃないよ！」

「じゃあ、なんのしっぽ？」

ネコは、びっくりしてききました。

「大根のしっぽだよ！　ほんとだよ」

ネコは、もっとびっくりしましたが、どうもあやしいと思って、またたずねました。

「じゃあ、どうして動いているの？」

「しっぽってのはね、なんのしっぽでも動くもんだよ。それなのに、きみのしっぽときたら地面にはりついたまま。そっちのほうがびっくりだ」

「地面にはりついているって？　そんなわけないよ！」

「そう思うなら、見てみればいいじゃないか」

ネコが自分のしっぽを見ようとふりかえったとたん、ネズミのしっぽは、どろんと消えました。

もちろん、ふつうだったら、とてもこうはいきません。まずしっぽがつかまって、ネズミも巣あなから引きずりだされていたことでしょう。ネズミが命びろいをしたのは、このネコが、生まれてはじめてひとりで狩りにでた、まだ子どものネコだったからです。

12 チェックもようのガチョウ

夏の一日が、終わろうとしていました。さまざまな影が、のびていきます。どっしりした木のみきの影、ゆれ動く木の葉の影、おんどりや、めんどりや、庭の住人たちの、ちょこちょこと動きまわる影。地面におさまりきらない影は、折れ曲がり、家の壁や塀をはいあがっていきます。

庭のすみの、温室の前に、大きな、チェックもようのガチョウがすわっていました——。うそじゃないですよ、チェックもようのガチョウです。それで大さわぎになったんです。おやまあ、めずらしいこともあるもんだ、って。世界広しといえども、いまだかつて、だれひとりとして、チェックもようの生きものなんて、見たことがありませんでしたからね。はんてんのある馬も、しまのある馬もいます。まだらのヘビもいれば、カラフルなオウムもいます。でも、チェックもようだなんて、きいたことがありますか？

だれもかれもが、このチェックもようのガチョウをひと目見ようと集まってきました。めんどりたちは、おんどりたちと連れだって。アヒルたちに、ガチョウのなかまたち。ネコと犬もやってきました。

チェックもようのガチョウは、きょとんとしていました。

〈いったいぜんたい、なにごとだろう？　なぜ、みんな集まってきて、まるでよそものでも見るみたいに、こっちを見ているんだろう？〉

ところが、とうのチェックもようのガチョウも、羽の下をかこうとしてふりむいたとたん、目が点になってしまいました。そこにいたのは、ただの白いガチョウではありません。なんともみょうちくりんな、チェックもようのガチョウだったのです。

びっくり、なんてもんじゃありませんでした。りこうなガチョウで、チェックもようのガチョウなんて、いるはずがないことを知っていましたので、大混乱におちいりました。

〈チェックもようのガチョウがいないとすれば自分だっていない、自分がいないとすれば、この温室の前にすわって、むしょうに羽の下をかゆがっているのはいったいだれなんだ？〉

そんなガチョウらしい考えが、ふってわいたように次から次へとガチョウの頭のなかにうかんできたものですから、ガチョウは思わず立ちあがって走りだしました。ところが走りだしたとたん、ガチョウは、チェックもようのガチョウではなくなって、どこにでもいるような、ただの白いガチョウになったのです。

温室の格子が、チェックもようの影を落としていただけだったんですね。

13　わかいおんどりと毛虫

わかいおんどりは、もうりっぱな大人でした。今朝はじめて、コケコッコーと鳴くことができたのです。といっても、百点満点とはいきません。「コケコッ」まではうまく言えたのですが、最後の「コー」がちょっとおくれ、かすれてしまいました。でもだれだって、はじめからうまくなんていきませんからね。おんどりは、それでもじゅうぶん満足でした。

ほこらしい気持ちになったおんどりは、弟や妹たちから少しはなれ、もったいぶって庭を見わたしました。すると、灰色の毛虫が地面をはっているのを見つけました。毛虫は、短い足をせかせかと動かしていました。毛虫をしげしげとながめて、おんどりは言いました。

「おまえは、そんなにたくさん足があるのに、なかなか前に進まないねえ。ぼくには二本しか足がないけど、たったの一歩でおまえを追いこせるよ！」

「どうぞ、お先に」おだやかに毛虫はこたえました。

ところが、おんどりは、

「追いこすまでもないさ。おまえをパクッとひと飲みにするだけさ」

と言ったのです。

毛虫はギョッとしました。でも、平気そうな顔でこう言いました。

「草の上だから、こんなにのろのろとしか進まないんですよ。木登りなら、わたし、とっても速いんですから」

「そんなわけないさ！」

おんどりは、けたたましい声を上げました。

「そんなわけないですって？　それならこうしましょうよ。もし、わたしの言うことがうそだったら、わたしをパクッとひと飲みにしてかまいませんよ。さあ、見ていてごらんなさい」

そう言うと毛虫は、木のみきを登りはじめました。

おんどりは木に近づいて、さっそくくちばしをひらきました。ところが、毛虫は見あたりません。どこに消えてしまったのでしょう。おんどりは、いっしょうけんめい首を上へ、上へとのばしました。

そのとき、木のてっぺんがガサッとゆれました。きっと、鳥でも飛び立ったのでしょう。でも、まぬけなおんどりは、びっくりしたように木を見あげて、ピンクの小さなとさかのついた頭をかしげるばかり。

〈まさかあの毛虫、もう木のてっぺんまで登ってしまったのか……〉

そのころ、あの灰色の毛虫は、自分のからだをみきの色に変えて、ゆうゆうと木を登っていましたとさ。

14　ブーツ

ぐうたらネコが、中庭の丸太の上にねそべって、ひなたぼっこをしていました。そこへ、アヒルたちがもどってきました。ぐうたらネコは、自分の白い前足をのばしてみせながら、アヒルたちにたずねました。

「その黒いブーツ、どうしたの？　ぼくなんか、みすぼらしいったら、はだしだよ」

アヒルたちは、こたえて言いました。

「あんたも、わたしらみたいに、秋のどろんこ道を歩いてきたらいい。黒いブーツは、そうやって手に入れるのさ」

そして、またでかけていきました。

ふたたびアヒルたちが中庭にもどってくると、ぐうたらネコは、白い前足をのばしてみせながら、またたずねました。

「その緑のブーツ、どうしたの？　ぼくなんか、みすぼらしいったら、はだしだよ」

「あんたも、わたしらみたいに、入り江のほとりを歩いてきたらいい。緑のブーツは、そうやって手に入れるのさ」

アヒルたちはそう言って、またでかけていきました。

次にアヒルたちがもどってきたとき、ぐうたらネコは、すっかりだらけきっていました。白い前足をのばしてみせながら、ぐうたらネコは、たずねました。

「その黄色いブーツ、どうしたの？　ぼくなんか、みすぼらしいったら、はだしだよ」

アヒルたちは、

「あんたも、わたしらみたいに、ぬれた足で砂の上を歩いてきたらいい。黄色いブーツは、そうやって手に入れるのさ」

と言うと、またでかけていってしまいました。

そのときです。庭に、見知らぬおそろしい犬がとびこんできて、われらが主人公に歯をむいたのです！　ぐうたらネコは、びっくりぎょうてん、あわてふためいて逃げだしました。庭をぬけ、柵《さく》をこえ、ところかまわず足をつっこんで。

われに返ったとき、ぐうたらネコは、自分もブーツをはいているのに気がつきました。灰色に、土色に、木いちご色がまざった、四本ともてんでばらばらの色のブーツでした。

ずいぶんと、めちゃくちゃに走ってきたんですね。

15　水がめ

　庭先でぬいものをしていたおばあさんが、指ぬきを落としました。おばあさんは、あとで拾おうと思いながら、わすれて家にはいってしまいました。

　指ぬきは、草の上にあおむけにひっくり返っていました。そこへ、雨が降りだしました。雨といっても、ほんの小雨でしたので、だれののどをうるおすこともなく、だれを洗ってやることもなく、ぱらぱらっと水をまいただけで、あっというまにかわいた地面にしみこんでしまいました。

　ふいに草むらで、マルハナバチがさわぎだしました。

「見て、水がめだ！」

　なみなみと雨水をたたえた指ぬきのまわりに、ぞくぞくと虫たちが集まってきました。

　ゾウムシは、長い鼻で水をくみあげては、半しずくずつ、兄弟たちに分けてやりました。

「そら、お飲み。水はみんなのぶん、たっぷりあるよ」

　ある草の葉なんて、指ぬきのなかに頭をつっこんで、こう言ったんです。

「ああ、きもちいい、さっぱりした！」

それで、きれい好きのテントウ虫が、はねをばたつかせて怒りだしてしまいました。

「なんてことだ！　みんながみんな、頭をつっこみだしたら、どうなるかわかっているのか」

りこうなアリたちは、指ぬきに葉っぱをかぶせることを思いつきました。これで水がひあがることもなく、ほこりがはいることもなくなりました。

うだるような日がな一日、指ぬきのまわりには、虫だかりがたえることはありませんでした。

夜になって、はげしい雨がふりだしました。いなずまが走り、かみなりが鳴ります。風が指ぬきをひっくり返したので、残っていた水はぜんぶこぼれてしまいましたが、もうだれもこまりません。あたりはじゃぶじゃぶと、まるで森のせんたくのよう。木々の枝はギィギィさわぎ、風は木の葉をくるくる回して、たきのような雨をふきつけます。いなずまは、巨大なマッチのようにシュッと空で火をはなち、庭をパッと照らしては、みんながちゃんとからだを洗えたか、たしかめてから消えていきます。

あくる朝、庭に出てきたおばあさんは、こしかけのそばに指ぬきが転がっているのを見つけました。指ぬきは、朝の光を受けてきらめきながら、まるで水がめになったことなんて一度もないような顔つきで、指にもどらせて、とおばあさんにねだるのでした。

16　雨上がり

太陽が、雨つぶを光でつなげて、首かざりを作ろうとしました。ところが、雨つぶは、ひとつのこらず地面に落ちてしまいました。

「首かざりは、なくてもいいや。リボンを持っているから……」

太陽はそう言って、空に虹をかけました。

17　おはよう！

女の子が、野原で花をつみました。花といっしょに、草と、草の上の朝つゆと、草の上の朝つゆをのんでいた虫たちもつんで、水を入れたコップにかざりました。

女の子は、いちばん小さな虫をながめて考えました。

〈きっと、この小さな虫にとって、ひとたばの花は広い花園なのかな。長い草は大きな木、コップの水は湖ね〉

女の子がのぞきこむと、コップに影が差しました。小さな虫には、夜が来たようですよ。さっそく動きまわるのをやめましたから。眠りについたのでしょうか？　小さな虫におにあいの、小さなひと眠り――。

女の子が頭をもとにもどすと、小さな花びんにまた日が差しました。小さな虫は、また動きだしました。つかのまの小さな夜が終わったようです。

「虫さん、おはよう！」

女の子は、元気にあいさつをしました。

18　空飛ぶスカーフ

女の子が川で遊んだあと、ぬれたスカーフを近くのしげみにほしました。ところが強い風がふいていたので、うすい生地のスカーフは、どこかにふきとばされてしまいました。スカーフがないことに気がついた女の子は、探しにでかけました。しげみからしげみへ、木から木へと探して歩きながら、会う人会う人にたずねました。

「わたしのスカーフを見ませんでしたか。うすい生地の、すべすべしたスカーフです」

「すべすべしたスカーフだって？　見なかったなあ。スカーフみたいなものは、むこうの原っぱに落ちていたけど、でも緑色で花がらだったよ」

「じゃあ、わたしのじゃないわ」

女の子は、また先へと進んでいきました。その十五歩か二十歩ぐらい先を、女の子のスカーフが飛んでいきます。野原の上をあっちへひらり、こっちへひらり、それから、また先へ……。畑まで飛んでいったスカーフは、たわわに実った麦の上に舞いおりました。

麦畑までやってきた女の子は、金色の、麦のもようのスカーフが落ちているのに気がつきました。

〈ひどい風ね。スカーフをとばされたのは、わたしだけじゃないんだわ〉

そう思いながら女の子は麦畑を通りすぎました。麦畑の次には、じゃがいも畑が広がっていました。きょろきょろしながら女の子が歩いてゆくと、まただれかのスカーフが落ちていました。あわい赤むらさき色の、かわいらしい花が散りばめられたスカーフです。

〈どれもおしゃれで、よそゆきのスカーフばかり。わたしの、あのうすい、すべすべのスカーフは見あたらない……。それにしても風ったら、みんなふきとばしてしまったのね〉

女の子はなんだかおかしくなって、ひとりでくすくすわらいました。


そのころスカーフはもう、道ばたの、切りかぶの上にたどり着いていました。あとからやってきた女の子はうっとりと、そのテングタケのような赤地に白の水玉もようの、色あざやかなスカーフをながめました。でも、手に取るのはためらわれました。

〈ざんねんだけど、わたしには自分のスカーフがあるから、がまんしよう。――でも、こんなにすてきな水玉もようのよそゆきのうすいスカーフをなくしたら、わたしだったら泣いちゃうだろうなあ。持ち主の子もきっと、このあたりをうろうろ探しているはず〉

女の子は、また先へと進んでいきました。もう自分のスカーフを探すのはどうでもよくなって、次から次へとだれかのきれいなスカーフを見つけるのが楽しくなっていました。

〈これは、松ぼっくりをつけたトウヒの木のもよう。あれは、いちめん真っ赤なケシの花もよう。でもこれは、いったい、何かしら?〉

そのスカーフにはカエルの絵がついていましたが、そのカエルは、まるで生きているみたいにのどをひくひくさせているのです。女の子が近づくと、カエルはスカーフの下から、ぴょんととびだして、道づたいにはねていってしまいました。

そこでようやく女の子は、そのスカーフが自分のものであることに気がつきました。スカーフには草や葉のもようがついていましたが、それもみんな、うすい生地に透けているだけだとわかったのです。

スカーフを拾いあげようとして、女の子はふと思いなおしました。

〈もう、スカーフの好きなようにさせてあげよう。風に乗って好きなところに飛んでいき、葉っぱでも、お花でも、小枝でも、好きなもようになるといいわ。世界にたった一枚しかない、空飛ぶスカーフでいさせてあげよう〉

そう決めた女の子は、来た道をもどりはじめました。でも、後ろをふりかえって、あっとおどろきました。あれほど逃げまわっていたスカーフが、あとを追ってきたのです。

スカーフは、つばさを広げたカモメみたいにピューッと飛んできました。そして、女の子に追いつくと、その肩をつつむようにふわりととまって、こう言いました。

「おじょうさん、わたしが好きなところに飛んでいき、好きなもようにおしゃれをするのをゆるしてくれて、ありがとう。でも、もうあなたのところにもどりたいの」

そう言いながらスカーフは、女の子の肩にはりついたまま、さきっちょで女の子のほおをなでました。女の子がおどろいたのは、スカーフが人間の言葉をしゃべったからではありません（お話のなかでは、よくあることですからね）。女の子がおどろいたのは、スカーフが、自分のところにもどりたいと言ったからです。

「どうして、もどりたいの？」

女の子は、たずねました。

「どうしてかって？　それは、あなたが生き生きしていて、あたたかいからよ。それに、わたしは、くり色の三つ編みもようが、世界でいちばん好きなの」

「くり色の三つ編みもよう？」

「そうよ。あなたのかみが、わたしに映ったときのもようよ」

「それって、そんなにきれいなのかなあ……」

首をかしげながらも、女の子はスカーフを頭にかぶりました。

ちょうど風もやみましたので、お話はこれでおしまいです。

19　はね

ふたりの少年が、しげみの下にかがみこんで、テントウ虫を観察していました。しばらくすると、テントウ虫は、パッとはねをひろげて飛んでいってしまいました。

「ああ、はねがあったらなあ」

ひとりの少年が夢みるようにつぶやくと、もうひとりの少年も言いました。

「ぼくも、はねがほしい。そしたら、町はずれのおかし工場まで飛んでいって、たらふくおかしを食べるんだ。きみは？」

「ぼくは……」

と、最初の少年は、少し考えてからこう言いました。

「ぼくは、うんと高く飛んでいって、雲の上まで行ってみたいな」

さて、これはすべて、お話のなかのできごとでしたから、ふたりの少年の願いは、たちまちのうちにかなえられました。テントウ虫は、ただのテントウ虫ではなく、魔法のテントウ虫だったのです。魔法のテントウ虫は、飛び去るときに、少年たちのやり取りをちゃんときいていました。そして、すぐにふたりにはねがはえてくるようにしました。

いったいどうなったかって？

おかしを食べたがっていた少年はハエに、雲の上まで行きたがっていた少年は、鳥になったんですって。

ひとくちに「はね」といっても、いろいろあるのです。

20　ひとつ屋根の下で

女の子が、小川で水浴びをして、ついでにハンカチも洗って草の上にほしました。それから自分もすぐそばに寝ころがって、ひなたぼっこをはじめました。

と、カサカサ、ザワザワ、ゴソゴソ……。ハンカチの下の草むらが、なにやらさわがしくなりました。

「なんで暗くなったの？」

こうたずねたのは、ガです。

「とつぜん、屋根ができたんだよ」

こたえたのは、キリギリスです。

もの知りのアリの長老は、みんなを集めて言いました。

「みなのものたちよ、ひとつ屋根の下になったからには、なかよくくらしてゆかねばならぬ。まずは、わしらをおびやかすものがないか、たしかめる必要がある」

アリの長老は、みんなに仕事をわりあてました。

「まず、きみ、シャクトリ虫は、屋根のふちを回って大きさをはかってきてくれ。次にホタル、きみは灯《あか》りをともすのだ。暗がりで、踏んだり踏まれたりしないようにな。それから、きみ、ミツバチは、風が通るようにここで羽ばたいていてくれ。わしは、見まわりに行ってくる。この屋根がいったいどこから来たか、わしらに対してなにか良からぬことが仕組まれていないか調べてくる」

ハンカチの下は、がぜん、にぎやかになりました。あっちがふくらんだかと思えば、こっちがへこんで、またあっちがふくらんで、ハンカチはまるで生きているみたいに、もぞもぞ動きます。そのふちをはっているのは、シャクトリ虫です。せなかを弓のように丸め、後ろのあしを前のあしに近づけては、またせなかをのばし、からだを前に運んでいきます。シャクトリ虫はそうやって、四つの辺を回ってハンカチの大きさをはかりました。

やがて、見まわりからもどってきたアリの長老が、報告をはじめました。

「ここからそう遠くない草の上に、女の子が寝そべっておる。この屋根はおそらく、その子のしわざにちがいない。そこで少しばかり、かんでやったらな、その子は目をさまして……」

アリの長老が最後まで言い終わらないうちに、あたりはふたたび明るくなりました。屋根は、あらわれたときとおなじように、なんの前ぶれもなく消えてなくなったのです。

すっかりかわいたハンカチをたたんで、女の子は、アリにかまれたうでをぽりぽりかきながら帰っていきました。

今の今までひとつ屋根の下に身をよせていた虫たちは、小さいのも、中くらいのも、大きいのもみんな、パタパタ、ピョンピョン、ニョロニョロ……、飛んだり、はねたり、はったりして、それぞれに散っていきました。

21　チョウとハエ

チョウが、部屋に舞いこんできました。ひらひら回って、こう言いました。

「野原はどこ？　花いっぱいの野原はどこ？　あれ？　まちがったみたい」

チョウは、窓から出ていきました。

ハエも、窓から出ていきました。ぶんぶん回って、こう言いました。

「テーブルはどこ？　パンくずだらけのテーブルはどこ？　あれ？　まちがったみたい」

ハエは、部屋にもどってきました。

22　新しい家

新しい家に引っこしたのに、中にはいってみると、もうだれかが先に住んでいました。それは、小さなクモとポプラの綿毛、そして、光のウサギ。*

クモは窓のすみに、ポプラの綿毛は窓のすきまに、光のウサギは天井に住んでいました。窓をぱっとあけたとたん、ポプラの綿毛は外に飛んでいき、クモは糸をつたって庭へ逃げていき、光のウサギだけ、いっしょに暮らしていくことになりました。

＊ロシア語で木もれ日や室内に差しこむ陽ざしの斑点のことを「太陽の小ウサギ」という。

23　カタツムリの旅

春のことでした。母親のカタツムリが、むすめのカタツムリに言いました。

「黒いしげみのところまで行ってごらんなさい。下にマツユキソウがさいているしげみよ。春の新芽がどんな味か、かじってみるといいわ」

小さなむすめのカタツムリは、さっそくでかけていきました。長いこと旅をして、ようやくもどってきたむすめは言いました。

「しげみは黒くなかったわ。緑色だったの。マツユキソウもさいてはいなかったわ。そのかわり、いちごがなっていたの」

「あら、もう夏なのね！」

母親は、うれしそうに言いました。

「それなら、緑色のしげみのところまで行ってごらんなさい。下にいちごがなっているしげみよ。夏の青葉がどんなふうか、味見をしてみるといいわ」

小さなむすめのカタツムリは、さっそくでかけていきました。長いこと旅をして、ようやくもどってきたむすめは言いました。

「しげみは緑色ではなかったわ。黄色だったの。いちごもなっていなかったわ。そのかわり、きのこが生えていたの」

「あら、もう秋なのね！」

母親は、おどろいて言いました。

「それなら、黄色いしげみのところまで行ってごらんなさい。下にきのこが生えているしげみよ。秋の枯れ葉がどんな感じか、なめてみるといいわ」

小さなカタツムリのむすめは、またでかけてゆきました。長いこと旅をして、ようやくもどってきたむすめは言いました。

「しげみは黄色くなくて、まっ白だったの。それにきのこも生えていなくて、野ウサギの足あとがあったわ！」

「まあ……」

母親は、ため息をついて言いました。

「それなら家にじっとしておいで。こんな冬には何を目あてに行けばいいのか、春にならないとわからないもの」

24　カエルと石

カエルが、平べったい小さな石に声をかけました。

「ねえ、せなかにのせてあげるから、そのかわり甲羅《こうら》にならない？　ふたりで力を合わせれば、なかなかいいカメになれると思うよ」

「ふん、まあ、やってみようか！　そうでもしなきゃ、一生おなじところに転がってているしかないからな」

そうと決まれば、話は早い。さっそくカエルは、石の下にもぐりこみました。石はカエルにぴったりで、頭と手足がとびでているだけ――つまり、カメそっくりになりました。

「さあ、出発するかい？」

「うん、出発しよう！」

うまくいくかにみえましたが、やはりカエルはカメではありませんから、はうことができません。ぴょんとはねてしまいました。つるつるの石が、どうやったらカエルのせなかにしがみついていられるというのでしょう。つるりと地面にすべり落ちて、あやうくカエルの後ろ足を押しつぶすところでした。

もう一回……。やっぱり、うまくいきません。二回目も、三回目も、みごとに失敗でした。

石はカエルに言いました。

「一気にやろうとするからだよ。そっと、じゃなきゃ」

カエルは、言い返しました。

「そっちこそ、そんなにのしかからないでよ」

すると、石は、

「ほかにどうしろっていうのさ。これなら今までどおり、転がっていたほうがましだよ。

だから、そうさせてもらうよ」

と言い、カエルはカエルで、

「あっそ。それならこっちだって、甲羅《こうら》なしでやっていくよ」

と言って、ぴょんと跳ねていってしまいました。

石は砂の上に残りました。

＊

それでも石とカエルは、この冒険のことをのちのちまでずっと、おぼえていたんですよ。

年をとったカエルは、ことあるごとに孫のカエルたちに、こう話してきかせました。

――わかいころ、甲羅を持っていたことがあるんだよ。そう、カメの甲羅みたいなのさ！

石も、なにかにつけては、こう自慢するのでした。

――一生、ひとところにじっとしていたなんて、思わないでくださいよ。旅に出ることになったときもありまして……。

25　キュウリとキャベツ

あるとき、キュウリとキャベツが、いっしょに川へ水浴びにでかけました。キュウリは、すぐに川に飛び込みました。キャベツは川岸で着替えをはじめましたが、ぬいでも、ぬいでも、ぬぎおわらずに、とうとう日がくれてしまいました。

川のなかで待っていたキュウリは、寒さで、からだじゅうに鳥肌が立ってしまいましたとさ。

26　オレンジとリンゴ

オレンジの皮をむいていた女の子は、実がいくつものふさに分かれているのに気がつきました。女の子は、オレンジにたずねました。

「ねえ、オレンジさんは、どうして、たくさんのふさに分かれているの？」

オレンジは、こたえて言いました。

「それはね、あなたが、わたしをみんなに分けてあげられるようによ」

「じゃあ、リンゴさん、リンゴさんは、どうしてふさに分かれていないの？　わたしが、ひとりでぜんぶ食べられるように？」

「いいえ」

と、リンゴはこたえて言いました。

「あなたが、わたしを丸ごと、だれかにあげられるようによ」

27　キュウリの塩づけ

わたしが泣きはじめると、お母さんは、わたしの手を引いて庭の畑につれていきます。

「ほら、キュウリにむかって泣きなさい。しょっぱくなあれって」

「キュウリがしょっぱくなるのは、いや！」

そう言って、わたしは泣くのをやめます。

それなのに、秋になったら、お母さんは、山盛りのキュウリの塩づけをテーブルにのせたのです。

わたしが言うことをきかなかったとき、お母さんが畑に行って泣いたのかな。

28　ぜんぶいっぺん

おばあさんが、孫たちにたずねました。

「なんのお話をしようかね」

「冬の話」

すかさず、ヴィーチャがこたえました。

「夏の話がいい」

ミーチャも言いました。

「朝の話がいいわ」

これは、ターニャです。

「夜の話のほうがいいわ」

マーニャも言いました。

いちばん下のアンドリューシャは、何と言ったでしょう？

「おばあちゃん、ぜんぶいっぺんにはいってるお話をして！」

「よしよし、わかったよ」

おばあさんは、ちょっと考えてから、こんな話をはじめました。

＊

むかしむかし、でもなく、いまのいま、でもなく、村でも町でもないところに、変わり者のなかの変わり者がすんでいました。変わり者のなかの変わり者は、ひとつのことが終わらないうちに次のことに手を出し、次のことが終わらないうちにまた次のことに手を出しては、こう言うのでした。

「ぼくは、ぜんぶいっぺんにやるのが好きなんだ」

やるほうは好きかもしれませんが、やられるほうはたまったものではありません。まあ、ごらんなさい。

でかけるときは、冬物も夏物もぜんぶいっぺんにひっかけます。毛皮のぼうしの上に麦わらぼうし、毛皮のコートの上にレインコート、ブーツの上にサンダル、そんなかっこうでぶらぶら歩いてゆきながら、歌うのも、おどるのも、食べるのも、眠るのも、ぜんぶいっぺんにやるのです。

仕事を探すことになったときも、こんな調子。

「運びだすのも、運びこむのも、直すのも、こわすのも、ぜんぶいっぺんにやりますよ」

しかし、どこへ行っても
「けっこうです。そういう人は、いりません。ひとつのことをきちんとやってくれる人が、ほしいんです」

と、ことわられてしまいます。

でも、ついに、

「かまわんよ、ぜんぶいっぺんにやってくれたまえ」

と言ってくれる人があらわれました。

「ただその前に、まずは、腹ごしらえをしてくれ。それが、うちの決まりだ」

と、その家の主人は、言いました。

変わり者というのは、食べることにかけてはお手のものですから、この変わり者のなかの変わり者も、それでは遠慮なくとばかりに、いそいそとテーブルにつきました。目の前に、湯気のたったスープがおかれました。さっそくひとくち。ところが、あんなにはらペコだったはずなのに、手が止まってしまいました。

「なんだ、このまずいものは!?」

変わり者のなかの変わり者は、怒りだしました。しかし、その家の主人は落ち着きはらって言いました。

「なにも変なものは、はいってないよ。どれもみんな、新鮮だよ。魚も、いちごも、牛乳も、ネギも、砂糖も、塩も。おまえさんの好きなとおり、ぜんぶいっぺんにはいっているよ……」

＊

「はい、おしまい」

おばあさんはそう言うと、アンドリューシャのほうに向きなおりました。

「さて、おまえにもなにか食べさせないとね」

アンドリューシャは、おばあさんにぎゅっとしがみつくと、じっとその目を見て言いました。

「ねえ、おばあちゃん、おばあちゃんは、ぼくに、ぜんぶいっぺんに食べさせたりしないよね？　ぼくは、あんな変わり者じゃないし、ぜんぶいっぺんにはいっている、お、は、な、し、をたのんだだけなんだから」

「わかってるよ」

と、おばあさんは言いました。

「まず、ゆでたまごを食べて、それから牛乳を飲むんだよ」

29　めざまし時計

めんどりが、めざまし時計を買いにでかけたとさ
こ、こ、こまった、ねぼうしちゃう
うちのだんなさんったら、かぜひいちゃって
コケコッコーが出せなくなった
こ、こ、声が出せなくなった
ひよこら学校行かせるに
たたき起こすも、ひと苦労
どうか、わたしをあわれんで
めざまし時計、売ってくださいな
銀のベルみたいな声のする、
できれば、とさかの赤いのを

30　寝すごさないように

いつだったか、おんどりが、こうきかれたことがありました。

「朝早くには鳴くのに、どうして夜早くには鳴かないの？」

おんどりのこたえは、こうでした。

「闇がやってくるときはだれでも気づくけど、夜明けがやってくるときは、みんな寝すごしがちだから」

31　虫と木の実

虫が、木の実をノックして言いました。

「よう、わかいの。おまえんち暗いなあ。日の光も差さなきゃ、風も通らない。おれが窓をあけてやるよ」

「うん、あけて」

あまいあまい夢からさめたばかりの木の実は言いました。

虫は木の実のなかにもぐりこみ、そのせいで木の実は、にがいにがい思いをすることになりました。

そのあとで木の実を食べた人も、ですが。

32 秘密

自然は、自分たちの秘密をなかなかあかしたがりません。つぼみができる瞬間も、芽ぶく瞬間も、花がひらく瞬間も、人間たちは、けっして目にすることができません。自然のなかのものはすべて、人間たちがよそ見をするときをねらって、とつぜんあらわれるかのようです。

「だから、よそ見をしないでいようと思うんだ」

ある人が、こう決心しました。

「しっかり見張ってやる。何を見張るかって？　そりゃあ、いちばん早く育つものだろう。いちばん早く育つものといえば、きのこだろう」

森にやってきたその人は、切りかぶの前ではらばいになると、ほおづえをついて、見張りをはじめました。

「待ってやる。明日までだろうとこうやって、きのこが出てくるのを待ってやる」

そう言って、ほんとうに目をそらさずに、じっと地面を見張りはじめました。

地面の下のきのこたちは、なにか変だぞ、と思いました。だれかにのぞき見されているような気がして、顔を出すことができません。そうはいっても、もうそろそろ顔を出すころです。こまったきのこたちは、雨に助けをもとめました。雨といっても、ちょっとやそっとの雨ではありません。バケツをひっくり返したような大雨です。見張りをしていた人は、あわてて上着を頭にかぶりました。そのままじっと、雨がおさまるのを待っていましたが、はっと顔を上げたときには、あとの祭り。ついさっきまでなにもなかったところに、きのこたちが顔をのぞかせているではありませんか！

雨が降ったあとにきのこが顔を出すようになったのは、そのときからだとか。

33　リスとカササギ

リスにカササギがしつこくまとわりついて、たずねました。

「ねえ、あんた、木から木へどうやってわたっているの？　空中っていうのは、飛んでしかわたれないのよ。でも、あんたには羽がないじゃない」

「ええ、ないわ」

と、リスはこたえて言いました。

「だから橋をわたるみたいに、自分のしっぽをわたっていくの」

「なるほど！」

まぬけなカササギは、少しのあいだ、わかったような顔をしていましたが、すぐにまたさわぎはじめました。

「しっぽ、前じゃなくて後ろについてるじゃない。どうやって橋をわたるみたいに、しっぽをわたっていくっていうのよ」

「ええ、後ろについてるわ」

と、リスは言いました。

「でも、しっぽをわたるのは、帰り道だけなの」

「なるほど！」

カササギはうなずきましたが、でも、どっちにしても、もうよくわからないや、と思って飛んでいってしまいました。

34　しつこい野ウサギ

野ウサギが、野原を歩いていると、2コペイカ*の硬貨《こうか》が落ちていました。野ウサギは、硬貨を拾って、先へ進んでいきました。すると、ハタリスにであいました。野ウサギは、ハタリスにたずねました。

「2コペイカ玉をなくしたのは、きみ?」

「いいや、ぼくじゃないよ。というか、そんなくだらないこときくなよ!」

と、ハタリスはこたえて言いました。

野ウサギは、また先へと進んでいきました。すると今度は、ハリネズミにであいました。野ウサギは、ハリネズミにもたずねました。

「2コペイカ玉をなくしたのは、きみ?」

「いいや、おれじゃないよ」

と、ハリネズミはこたえていいました。

「というか、そんなくだらないこときくなよ!」

野ウサギが、また先へ進んでいくと、今度はキツネがむこうからやってきました。

「2コペイカ玉をなくしたのは、きみ?」

「いいえ、わたしじゃないわ」

キツネは、こたえました。

「こまっちゃったなあ……」

野ウサギは、ため息をつきました。

「だれにきいても、なくしてないって言うんだよ。どうしたらいいだろう」

すると、キツネは言いました。

「電話ボックスに行ったらどう? 09番にかけて、〈電話なんでも相談室〉にきいたらいいわよ」

野ウサギは、キツネに言われたとおりにしました。電話ボックスを見つけると、後ろあしで立ち上がって、2コペイカを入れ、0、9とダイヤルしました。つながったところで野ウサギは、おなじ質問をしました。

「2コペイカ玉をなくしたのは、あなたですか?」

「いいえ」

と、電話のむこうの人は、こたえて言いました。

「たった今、あなたが使って、なくしたんですよ」

野ウサギはこたえに満足して受話器をおくと、うれしそうに野原をかけていきました。

＊「コペイカ」ロシアの小さなお金の単位。

35　ウサギのお母さんたち

あるウサギのお母さんが、別のウサギのお母さんに、こうこぼしました。

「うちはこんなに子だくさんなのに、わたしは5までしか数えることができなくて……。でも、あの子たちが3匹ずついるとき、ちょうど5組できることに気がついたの。だから、うちは3匹ずつ遊ばせているのよ」

これを聞いた、もうかたほうのウサギのお母さんは言いました。

「それはうらやましいわ。うちの子たちを3匹ずつ遊ばせると、5組のうちの1組がいつも1匹たりなくて、探してもぜったい見つからないの。だから、うちは2匹ずつ遊ばせるしかないのよ。このとしになって、7まで数えることを学ばなくてはいけなくなったわ」

36　ロバは、おどろかない

「なんてきれいな、色とりどりの虹なんだ！」

シカが感動して言うと、ロバはしっぽをふって言いました。

「へっ、たいしたことないよ。ぼくだって三色ある。おなかの色はせなかの色より明るくて、ひづめの色はせなかの色より暗い。どうだい！」

37　スズメのふつう

枝にとまったスズメが、つぶやきました。

「今日はどうも調子が悪いな。地面がゆれていない気がする」

38　それぞれの道を

二匹のアリが、ならんでスイカの上をはっていました。

一匹のアリが言いました。

「夏だなあ、あたりいちめん緑色だ」

もう一匹のアリが、これにこたえて言いました。

「夏か冬かはわからないけど、でも夜だねえ。あたりいちめん真っ暗だもの」

二匹は、それぞれ先へと進んでいきました。一匹はスイカの緑のすじを、もう一匹は黒のすじを。

39　ザリガニの旅

「遠くへ旅に出るぞ」

そう言って、一匹のザリガニが、あとしざりをはじめました。ザリザリ、ザリザリ、あとしざりして、いったいどこへたどりついたと思いますか？　なんと、昨日です！

そこには、よく知った小川がありました。小川には、よく知ったザリガニたちがいました。

「やあ！」

と、ザリガニは声をかけました。

ところが知り合いのザリガニたちは、あいさつを返すかわりに、声をそろえて言いました。

「もう言った！」

ザリガニは、水を飲もうとしました。ところが水は飲めません。知り合いのザリガニたちは、またいっせいに声をはりあげました。

「もう飲んだ！」

ザリガニは、今度は小魚を食べようとしました。ところが小魚は食べられず、またもや、知り合いのザリガニたちは大合唱。

「もう食べた！」

ザリガニは、泣きだしてしまいました。でも流れたのは昨日のなみだでしたし、なみだは、なんの助けにもなりません。

そこへ、年老いたカニが、岩かげからはいだしてきました。ザリガニは、カニの知恵をかりることにしました。

「カニのおじいさん、どうやったら、昨日から今日に行けるか教えて」

「寝るんだな。朝起きれば、もう昨日じゃなくて、今日になっておる」

ザリガニは、言われたとおりにしました。ひとばん寝て、朝起きるとすぐに大きな声であいさつをしました。

「やあ！」

ところが、返ってきた返事は、

「もう言った！」

水を飲もうとしても、

「もう飲んだ！」

小魚を食べ ようとしても、

こう、ザリガニたちが言うのです。

いったい、どうしたらよいのでしょう。と、そこへ、あの年よりのカニが、またはいだしてきました。ザリガニは、カニにもんくを言いました。

「あんたの教えは、ちっとも役に立たなかった。言われたとおりにひとばん寝たのに、また昨日に来てしまった」

するとカニは、こう言いました。

「いいや、おまえさんは今日に着いておる。だけど、わしらはみんな、もう明日に来ちまったんじゃ。おまえさんは、また一日おくれというわけさ」

どうしたらいいんだ？　ザリガニは、昨日よりももっとはげしく泣きだしました。

見かねて、カニは言いました。

「なみだは、なんの助けにもならんぞ。しかも、かわいたなみだじゃな。それより、渡り鳥にでもしがみついて、飛んでいったらいい。おまえさんを今日にでも、明日に連れていってくれるだろうよ。時なんぞ、ひとっ飛びじゃ」

「いいことを教えてくれて、ありがとう！」

ザリガニはよろこんで、さっそくカモを見つけると、気づかれないようにそのしっぽにつかまりました。

カモは長いこと空を飛び、はるか遠くまでザリガニを運んでいきました。ひと休みするためにカモが地上におりたったとき、ザリガニはそのしっぽからそっとはなれました。あたりを見まわすと、見知らぬ場所でしたが、そこにも知り合いのザリガニたちがいました。うれしくなったザリガニは、「やあ！」と声をかけました。

ところが自分の声が聞こえません。小魚を食べようとしましたが、はさみがとどきません。水を飲もうとしても、口にはいりません。

なんだこれ？　おどろくザリガニに、知り合いのザリガニたちの声が聞こえてきました。

「あさってに着いたんだよ。カモのしっぽにつかまって、時を追いこしてしまったんだよ」

「追いこす」という言葉を聞いたザリガニは、死ぬほどびっくりしました。おくれたザリガニならまだしも、追いこしたザリガニなんていうのは、聞いたためしがありません。

おそろしくなったザリガニは、ものすごい速さであとしざりをはじめました。ザリザリ、ザリザリ、あとしざりをして、やっとのことでもどってきたのです。もとの自分の日、もとの自分の小川、ぴったり、もとの自分の足あとのところまで。

ザリガニは、ようやくほっとして、もうけっして遠くに旅に出たりなんかするもんか、と心に誓ったのでした。

40　軽やかな生き方

いちばん上等なごちそうにありつき、いちばんりっぱなおやしきに出入りし、みんなの注目を集めることがじょうず。そうしたいと思えば、ゾウのせなかに乗ることも、えらい人のひざにすわることもできます。

そんなの、いったいだれかって？

どこにでもいるハエですよ！

41　とうがらしとスイカ

とうがらしが、スイカに言いました。

「おれは赤い、おまえも赤い。でも、おまえの赤はあまくて、おれの赤はからい。なぜなんだ……」

「それはね、」

と、スイカはこたえて言いました。

「ぼくの赤は内側に、きみの赤は外側にあるからだよ」

42　釘と壁

どういうわけかは知りませんが、大きな釘が壁から飛び出ていました。横を通る人々はみんな、この釘に引っかかりました。

あるとき、壁が釘に言いました。

「あなた、どうしてそんなにみっともないの？　見て、わたしなんて、こんなに平らで、こんなになだらか。だれにも、つっかかったりしないわ」

「おれは、あんたとはちがう。あんたは左官たちに、いい子いい子と、なでられて育った。おれは、頭をたたかれて育ったんだよ」

そう言うと釘は、通りがかりの人につっかかり、そでを上から下まで切りさいたのでした。

43　ロバのさとり

モグラがためいきをつきながら、ロバにこぼしました。

「ぼくはなにも見えていないって、みんなが言うんだよ」

なぐさめるように、ロバは言いました。

「はっきり言って、きみはなにも見のがしちゃいないよ。よくよく頭をはたらかせれば、
ほんとうに見るべきものなんてありゃしないよ」

44　ゾウとハタリス

ゾウが待合室で、ハタリスを待っていました。ハタリスはゾウの前を通りすぎて、診察室にはいっていきましたが、ゾウにあいさつをしませんでした。

あとになってハタリスは、ゾウにこう言いわけをしました。

「すみません、気がつかなかったもので」

45　見えていない

ハタリスが、モグラに腹を立てて、言いました。

「きみにはなにも見えていないってことが、どうしてきみにはわからないんだ！」

でも、モグラには、「見えていない」ことの意味がそもそもわかりませんでした。

46　豆のうったえ

芽を出した豆が、太陽にうったえました。

「最後の一枚の下着まで、さしだしたんですよ。それなのに大地ときたら、ぼくをまるはだかで表に放りだしたんです」

47　太陽が仕事を探した話

世のなか、いろいろなことが起こるものです。なんでも、あの太陽が、仕事を探して歩いたことがあったとか。それは、こんなふうだったそうです。

その日、太陽はまだうす暗いうちに起きだすと、最初に行きあたった家の戸をたたきました。

「ねえ、だんなさん、やとってもらえませんか」

「おまえさんは、何ができるんだね？」

ねぼけ声で、家の主人はたずねました。

「照らすことができます」

「まにあってるよ、うちには灯《あか》りがあるんでね。ほかに何ができるのかね？」

「温めることができます」

「それも、まにあってるよ、うちにはペチカがあるんでね。ほかには？」

「育てることができます」

「うちには、育てるものがないよ。――そういや、うちのおっかさんが、よく言ってたなあ。なんのためにおれを育てたのか、って。あ、そうだ、おまえさん、ピローグ*を焼くことはできるかね」

「いいえ、できません」

太陽は、こたえました。

「それなら、よそへ行っとくれ」

太陽はよそへ行き、主人はとなりの家へ行って、今しがたのできごとを話してきかせました。

となりの家の人は、おどろいて言いました。

「やとってくれって、あんた、だれが来たか、わかっているのかね？　あの太陽だよ！」

家の主人は、あくびをしながら言いました。

「だから、なんだってんだ。おれには用なしだよ」

＊「ピローグ」パイを厚くしたようなロシアの焼き菓子。

48　めっけもん

　ある男が、道ばたに光る小石を見つけました。拾いあげてしげしげながめてから、ぽいっと放りだそうとしたそのときです。後ろから馬に乗った人がやってきて、声をかけました。

「その小石をゆずってくれないか。かわりに、銀のライターをさしあげよう」

「いや」

　と、男はこたえて、こぶしのなかにあるものをかたくにぎりしめました。

〈この小石、あんがい高いものかもしれないぞ。あわてることはあるまい……〉

　そう心のなかで思ったのです。

「それならかわりに、これではどうだろう」

　馬に乗った人は、金の時計をさしだしました。

「いんや」

　男は、小石をポケットに深く押しこみながら考えました。

〈もしやこれは、なにかの宝石じゃなかろうか……〉

馬に乗った人は、いっこうにあきらめる気配がありません。

「きみの小石と、わたしの馬を取りかえるなら、もんくはないだろう。よく考えてみてくれたまえ」

「考えるまでもない。家をさしだされたって、こいつはわたさないよ！」

ぶっきらぼうに、男はこたえました。

すると、馬に乗った人は、とつぜん大きな声で笑いだしました。

「知っているかね、この小石は、蹄鉄《ていてつ》の釘ほどの値打ちもないんだよ。捨ててしまってかまわんよ」

そう言うと、たづなを取って行ってしまいました。

男は、後ろからくやしそうにわめきました。

「最初から捨てるつもりだったわい！　ひとをバカにしやがって！」

それから小石をわきに放り投げると、また先へと歩きだしましたが、すぐに大声をあげました。

「やい、馬乗りさんよう！　ちょいと待て！」

馬の歩みが止まりました。

「あんた、どうするつもりだったんだい？　もし、おれが、あんたの馬とあの小石を取りかえてもいい、と言っていたら」

すると馬に乗った人は、また笑いだして言いました。

「きみは石のことをよく知らないが、わたしは人間というものをよく知っている」

49　透かしもようの影

ある目ざとい男が、野に落ちている、透かしもようの影を見つけました。

〈こりゃ、値打ちがあるぞ。しかも、すぐになくなる〉

そう思った男は、影を家に持って帰ることにしました。といっても、どうやって？

その影が落ちていた地面を切り取るしかありませんでした。ところが、土のかたまりを荷車に積みこんで一歩ふみだしたとたん、透かしもようの影は、消えるようになくなってしまいました。

〈ははん、さては、むかいに生えている木から落ちていたんだな〉

そう思いあたったこの男、ごくろうなことに、今度は木を根もとからほりおこして、土のかたまりといっしょに家に運んでいきました。ところが、透かしもようの影は、ふたたび、するりと消えてしまったのです。

〈となると、こりゃ、みんな太陽だ、太陽のしわざにちがいない！〉

そうは言っても、太陽を家に持って帰ることはできません。透かしもようの影を、窓からいつでもながめられるようにするためには、土のかたまりも、木も、もとの場所にもどして、森のなかの野原まで自分の家を移さねばなりませんでした。

しかし、透かしもようの影は、もうありませんでした。おろかな男の家の影が、おおいかくしてしまったからです。

50　ケチのひとつかみ

「あんた、なんてケチなんだ！　かごいっぱいスモモがあるくせに、ちょっとぐらい、分けてくれる気はないのかい」

「ほら、ひとつやるよ」

「どっちにしたって、ケチだ」

「なら、ふたつ」

「ケチにかわりはないね」

「四つやっても、ケチだっていうのかい？」

「そりゃそうだ。ケチじゃないやつは、数なんて気にしないんだよ」

「それなら数なんて気にせずに、ほら」

ケチといわれた人はそう言って、ろくに見もせずに、かごのなかからスモモをひとつかみつかんで、さしだしました。

スモモは、三つありました。

51　王室のハエ

王が、かんかんに怒って言いました。

「なぜ、こんなみすぼらしいハエが、王宮を飛びまわっているのだ！　わたしには、王室にふさわしい、金のハエを飼うぜいたくもゆるされぬというのか⁉」

家来たちは、おおあわて。ハエをつかまえては、金色にぬりました。金色にぬられたハエたちはむざんにも、あっというまに死んでしまいました。

そこへ、ひとりの農夫が、王のところへやってきて言いました。

「王さま、ハエに色をぬるなど、おろかなことですな。わしに金貨を持たせてくんなさい。となりの国の王さまのところから、玉虫のように光る金色の、まごうことなき王室のハエを買ってきましょう」

王はよろこんで、農夫に金貨のはいったふくろをわたしました。農夫は村へ帰り、大きなクソバエをわんさとつかまえて、王のところへ持っていきました。

王は、うっとりとして言いました。

「これよ、まさに！　見るからに王室のハエよ」

52　あとの祭り

畑にカボチャがなりました。豆つぶほどの大きさの、まだほんの子どものカボチャでした。

「葉っぱにかこまれて、うっとうしい」

カボチャはそう言って、つるをつけたまま、柵《さく》のすきまからぬけだしました。

よく朝、カボチャは、自分がほこりっぽい通りに転がっているのを知りました。砂まじりの、むっとするような風がほおを打ちました。さわやかな、そよ風にしかなでられたことがなかったカボチャは、びっくりしました。

長いことなやんだすえに、カボチャは畑にもどることにしました。しかし、柵を通りぬけることは、もうできませんでした。

53　小川

小川が流れてゆきます。林をぬけて、野をこえて、村を通って、どこまでも流れてゆきます。林をぬけるときには、しらかばの木々が、小川に自分たちのすがたを映します。村を通るときには、カモやガチョウたちが、小川にもぐって遊びます。野をこえるときには、子どもたちが、小川にはいって、はだしの足で水かけっこをします。なにが不満だというのでしょう。みんな満足して、みんな小川のことをほめていたのです。

ところが、いつしか小川は思いあがるようになりました。

「どうして、わざわざ、しらかばたちのすがたを映してやったり、カモやガチョウたちをもぐらせてやったり、子どもたちに水かけっこをさせてやったりしなくちゃいけないんだ。しかも、こっちから行ってやっているんだぜ！　ぼくが必要なら、あっちから来ればいい話さ」

こうつぶやくと、小川は流れるのをやめてしまいました。

一日がすぎ、また一日がすぎました。小川は、しらかばの木々にのぞきこまれないように、藻《も》にくるまってしまいました。そうやって毎日ぶらぶらしているうちに、とうとうひあがってしまいました。

しばらくして、大雨が降りました。かつて小川のあったところに、いくすじもの小さな小川が生まれました。そのひとすじひとすじに、それぞれ小さなお話があるのです。

54　山と風

山はひとつぶの砂を、肌からふきはらうことを風にゆるしました。そして、千年後に地面と肩をならべることになりました。

55　薬剤師のコショウ

薬剤師が、買い物にやってきました。
薬剤師「コショウをください」
お店の人「粉ですか」
薬剤師「いえ、錠剤で」

56　お祈り

あるとき、こんなお祈りを立ち聞きしてしまいました。

「神様、どうかお返しください。うちの子どもたちにあどけなさを、わたしにわかさを、亡き母には、老いを」

57　ほしぶどう

バラ色のほおをした、ぴちぴちのわかいぶどうのつぶが、しなびた茶色のほしぶどうのおばあさんを見て言いました。

「まあいやだ、なんてしわしわなの！」

そう言ってみけんにしわをよせたとたん、わかいぶどうのつぶは、パチンとはじけて、やがてくさってしまいました。

しわをよせるのも、かんたんなことではない、ということです。ほしぶどうが、ほしぶどうたるゆえん。

58 しわ

ある人のところに、しわがやってきて言いました。

「泣いたら目もとに、笑ったら口もとにすみつくぞ」

そうはさせるか、とその人は思いました。

「泣きも笑いもしない。おれはなにもしないぞ」

しかし、人間、考えずにいることはできません。

どうなったと思います？

その人が考えたので、しわはひたいにあらわれました。さらに、口もとにも、目もとにもあらわれました。

考えながらつい、泣いたり笑ったりしてしまったからです。

59　砂糖の笑顔

ある人の笑顔は、砂糖のようでした。

そりゃ、よかったって？　不便なことだらけですよ。顔も洗えなければ、雨にもあたれませんん。とくに危険なのは、なみだです。他人《ひと》のなみだを見たら、自分のなみだもこぼれてくるでしょう、笑顔の上に。そうしたら、あっというまにとけてしまいますから。

とけたからなんだ、って言うんですか？

それがですね、〝砂糖の笑顔〟なしでは生きていけないと考える人もいるのです。

60　やぶ医者

ある人が、病気になりました。ほおが、石のようにかたまってしまったのです。

医者は、「一日三回笑うこと」という処方を出しました。でも、何を笑えばいいかは言いませんでした。うっかりしていたんでしょうか？

とんだやぶ医者もいたものです。

61　えらい人が亡くなったとき

えらい人が亡くなったとき、だれもが先をあらそって、自分こそがいちばんの親友だった、と名乗りをあげました。亡くなった人が、いかに自分を好きだったか、いかに自分をほめ、いかに自分の将来を約束してくれたか、みんなそれぞれ熱心に言いたてました。

ただひとり、ほんとうの友人だけは、人々が力をこめて話すのをだまって聞いていました。

「なぜ、だまっていらっしゃるんです？　あの方と、ずいぶん親しくされていたのでは？」

こう、声をかけた人がありました。

ほんとうの友人は、集まった人々を見わたしてから、とうとつに、自分に言い聞かせるように、こうつぶやきました。

「あの人は……、あの人は、わたしのことを好きじゃなかったんです」

そう言ったとたん、ほんとうの友人の心は、すっと軽くなりました。ほかの人たちといっしょではなくなったからです。

62　高いところに上げられたもの

ふくろに入れられたおがくずが、床《ゆか》にむぞうさに置かれていました。あるとき、そのおがくずが、箱の上に置かれました。しばらくのあいだは箱の上にありましたが、その後、よいしょと棚に上げられました。

長い時がたち、もういいかげん、あのおがくずをおろそうということになりました。みんなの頭の上に、パラパラ降ってくるようになったからです。ところが、手がとどかない……。あまりにも高いところに上げられてしまって、手がとどかなくなってしまったのです。

おーい、だれか、もうちょっと背の高い方、手をかしてくれませんか？

63　ウサギの進化

ほかでもない、あのウサギの話です。

ウサギはその昔、なにひとつ飛びぬけてすぐれたところがなかったので、「なにひとつ飛びぬけてすぐれたところがないウサギ」と呼ばれていました。

ところがだんだんとみんな、その長い呼び名がめんどうになって、「すぐれたところがないウサギ」と呼ぶようになりました。

時とともに「ところがない」も取れてしまって、今は「すぐれたウサギ」と呼ばれています。でも、そのうちきっと、たんに「ウサギ」と呼ばれるようになり、そしてまたウサギに、なにひとつ飛びぬけてすぐれたところがないことにみんな気がついて……、そうやって、歴史は繰り返されていくのでしょう。

64　二匹のガマガエル

二匹のガマガエルが、水ぎわの岩の下で目玉をギョロギョロさせながら、泳いでいるスズキをじっと見ていました。

「見て、なんて、なめらかなの！」

一匹が言いました。

「それに、しなやかだわ！」

もう一匹も言いました。

「ひれなんて、おうぎみたい」

「それに、うろこも、ほんものの真珠みたい！」

スズキは、うわさ話に花をさかせるガマガエルたちには目もくれず、すずしげに泳いでいました。

すると一匹のガマガエルがあくびをしながら、こう言いだしました。

「なんだか、ぬめぬめしてるね」

もう一匹も言いました。

「それに、くねくねしてる！」

「ひれなんて、熊手《くまで》が突き出てるみたい」

「それに、うろこも、なんだか気持ち悪い」

それからガマガエルたちは、よどんだ深い水の底へとびこんでゆきました。

65　何が書かれているか

大きなうす茶色の種に、何が書かれているか、だれもが知りたがりました。

カエルが言いました。

「目玉を突きだせばいいだけ。そうすれば読めるよ」

青虫も言いました。

「下にもぐりこめばいいだけ。そうすれば読めるよ」

キリギリスも言いました。

「跳びはねればいいだけ。そうすれば読めるよ」

「いや、空からのほうが見やすいから、もっと高く飛べばいいだけ」

これは、スズメです。

モグラも、負けじと言いました。

「種の下をほっていって、下から読むべきだ」

種は言いました。

「なにを読むというんです？　なにも書かれていないのに。これは、ただのもようなの。わたしは、モモの種なのよ」

66　アーデモナイ・コーデモナイ

アーデモナイ・コーデモナイが、散歩にでかけました。森のなかをぶらぶら歩いていくと、草の上に木もれ日が落ちていました。アーデモナイ・コーデモナイは、木もれ日を拾って、自分のからだにペタペタはりつけました。

そのまま先へ進んでいくと、森の住人たちは大さわぎ。

「見て！　うちの森にキリンがあらわれた」

「あれのどこがキリンだって！　キリンというのはな、首が長いんだよ」

「じゃあ、ありゃなんだ」

ああでもない、こうでもない……。

アーデモナイ・コーデモナイは気にもとめず、ぶらぶら森のなかを歩いていきます。すると、くねくねした木の枝がのびていました。アーデモナイ・コーデモナイは、枝を二本折って頭にくっつけました。

そのまま先へ進んでいくと、森の住人たちは大さわぎ。

「見て！　うちの森にシカがあらわれた」

「あれのどこがシカだって！　シカというのはな、あしがすらりとしているんだよ」

「じゃあ、ありゃなんだ」

ああでもない、こうでもない……。

アーデモナイ・コーデモナイは気にもとめず、ぶらぶら森のなかを歩いていきます。と、しげみのなかに、エメラルド色の葉が光っていました。アーデモナイ・コーデモナイは、葉を二枚取って両目にはりつけました。

そのまま先へ進んでいくと、森の住人たちは大さわぎ。

「見て！　うちの森にトラがあらわれた」

「あれのどこがトラだって！　トラというのはな、しまもようなんだよ」

「じゃあ、ありゃなんだ」

ああでもない、こうでもない……。

アーデモナイ・コーデモナイは、切りかぶに腰をおろしました。なにをするでもなく、ただしずかにすわっています。

みんなは、がまんできずにききました。

「かなしいのかい？」

「いいえ」

「たのしいのかい？」

「いいえ」

「じゃあ、なんなんだ？　ああなのか、こうなのか、はっきりしてくれ」

返ってきたこたえは、こうでした。

「ああでもないし、こうでもありません」

67　頭がない

森に、いまだかつてだれも見たことのない生きものがあらわれました。あしはあります。しっぽもあります。でも、頭がないのです。

なんといっても、頭はみんなに必要です。アリにだって、あります。たとえそれが、まち針の頭ぐらいの頭であっても、頭は頭です。

それなのに、この生きものときたら、頭がないのです。

これが、はじめてキリンを見たときの、森の住人たちの感想でした。キリンの頭がはるか上のほうにあったので、森の住人たちには見えなかったのです。

68　とんちんかん

けものたちのあいだに、ライオンがほんとうはライオンではないらしい、といううわさが立ちました。ライオンと名乗っているだけだ、というのです。

「そんなわけない」

と、あるものたちは言いました。

「ライオンがライオンじゃなかったら、だれがライオンだというのかね。だいいち、ライオンそっくりじゃないか！」

ほかのものたちは、これにもんくをつけました。

「そっくりというが、ライオンを見たことがあるのかね？」

「そりゃ、あるさ！　わしらのライオンをな」

69　クモの手品師

高いトウヒの木のてっぺんは、まるでサーカス小屋のとんがり屋根のよう。どんなにちっぽけだって、クモは、森のサーカスの花形です。ぷっくりしたおなかは、緑のチョッキにぴっちりつつまれて、手足はごらんのとおりまるはだか。そでに、なにか隠しているとはおっしゃらないでください。トウヒのわか木たちも、ハシバミのしげみたちも、どうかお静かに。みなさん、これからクモの手品師が、めくるめくマジックをごらんにいれましょう！

それ、いち、にの、さん……、口から細い絹の糸を出し、それをつたってするすると、下へおりてまいります。見あげれば、底ぬけの青き空、見おろせば、はるか下の大地。おそれを知らぬ小さな手品師は、真珠色の糸をたどって、木から木へとわたってまいります。

さっと風がふきわたればいっせいに、木々がわれんばかりの拍手を送ります。

「すごいぞ、すごいぞ、クモの手品師、おそれいった！」

切りかぶにむらがっているきのこたちにもよく見えるようにと、クモがいちばん下の木の枝まで、おりていこうとしたときです。クモはすぐ近くの枝に、シジュウカラがとまっているのに気がつきました。シジュウカラは、クモなんて、トリックもマジックも関係なしに、ひょいととらえて、ひとのみにしてしまうでしょう……。

それ、いち、にの、さん！　するすると糸を口にしまいながら、クモは、あれよあれよというまに上にもどってきました。まわりの木々は、やわらかな緑の手をたたいて、おおよろこび。

「おみごと、クモの手品師！　空を舞い、下の枝をねらったかのように見せかけて、だしぬけに上にあらわれた。こいつは一本とられたぞ」

でも、だれも知りませんでしたが、クモにとっては笑いごとではなかったのです。あやうくシジュウカラに、真珠色の糸ごと、ひとのみにされてしまうところだったのですから。

70　きのこ

長い年月をかけて大きくなったカシの木の根もとに、たったひと晩の雨で、きのこが生えました。その朝は、あたたかな、夏らしい朝でした。カシの木は、新しいなかまができたことによろこんで、きのこに声をかけました。

「根っこを土のなかにのばして飲むジュースは、おいしいねえ！」

きのこは、こたえました。

「わからないよ。ぼくには根っこがないから」

ふたりは、だまってしまいました。しばらくして、カシの木は、また話しかけました。

「鳥たちの歌声が、すばらしいねえ！」

「聞こえないよ。ぼくは、ぼうしを深くかぶっているから」

そう言って、きのこはだまりこんでしまいました。

次に口をひらいたのは、やっぱりカシの木でした。カシの木は、うれしそうに言いました。

「太陽が、かがやいているねえ！」

「見えないよ。ぼくは日かげにいるから」

きのこはそう言って、また口をつぐんでしまいました。それでもきのこは、自分がこんなに早く大きくなったのが、とてもほこらしい気持ちでいました。

ふいに森のなかで声がしました。きのこは心配になりました。

「むこうから聞こえてくるのは、だれの声？」

カシの木は、こたえました。

「聞こえないよ。鳥たちが、ぼくの枝の上で歌っているからね」

声は、どんどん近づいてきました。木々のあいだに、いくつもの色が見えがくれしました。きのこは、もっと心配になってきました。

「むこうにいるのは、だれ？」

カシの木は、こたえました。

「見えないよ。太陽がまぶしくてね」

色とりどりのものは、ますます大きくなりました。きのこは悲鳴をあげました。

「子どもたちだ！　あっというまに引っこぬかれちゃう」

カシの木は、言いました。

「わからないよ。ぼくは、根を深くはっているからね」

ついに、子どもたちがやってきました。そして、きのこを地面から引っこぬくと、かごに入れて行ってしまいました。

71　耳と声

あるときナイチンゲールが、ウサギに言いました。

「きみは、いい耳をしているね。きみこそ歌を習うべきだ！」

「その耳が、じゃまをしているんだよ」

と、ウサギはこたえて言いました。

「物音が聞こえたとたん、こわくて声が出なくなってしまうんだ」

72　水の言葉

少年が、小川に小石を投げこみました。でも、小石は泳げませんでした。そこで、小石は、まわりに集まってきた水に助けをもとめました。

「水さん、あの子に伝えて。おぼれちゃうって！」

水は、救助信号を出しました。小石のまわりに輪を作ったのです。でも、その輪は小さすぎて、岸辺の少年には見えませんでした。そのかわり、輪のまわりの水が気づいて、もうひとまわり大きな輪を作りました。それでもまだ、輪はあまり大きくはありませんでした。すると、それを見た二番目の輪のまわりの水が、二番目よりも、もっと大きな三番目の輪を作りました。

こうして次から次へと水の輪は広がってゆき、岸辺の、小石を投げた少年のはだしの足もとまで伝言がとどけられました。でも、いちばん大きな輪が水面にゆれるころには、小石はとっくに水の底にしずんでいたのです。

どっちにしたって、少年に水の言葉はわかりませんしね。

73　ほかの言葉はありえない

ライオンが、言いました。

「百獣の王たるもの、王国の森にすまう、あらゆる生きものたちの言葉を知っておかねばなるまい。それがいかに小さなものの言葉であろうとな。たとえば、蚊《カ》は、どんな言葉を話しているのだろう。さっそく今日にでも調べて、夕方までに報告せよ！」

クマは、ライオンの命令をたずさえてオオカミのところへ行き、オオカミはカエルのところへ、カエルは蚊のところへ行って、こうたずねました。

「蚊さん、あなたは、どんな言葉を話しているの？　王さまが、じきじきにおたずねになったそうよ」

蚊のなくような声で、蚊はこたえました。

「ブーン」

カエルがもどってくると、オオカミがききました。

「で、蚊は、どんな言葉を話しているんだい？」

カエルは、こたえました。

「クワ、クワ」

オオカミがもどってくると、クマがききました。

「蚊が、どんなふうに話すか、わかったか？」

オオカミは、こたえて言いました。

「『ウゥー』と、話すらしいですぜ」

もどってきたクマをでむかえたのは、ライオンのおきさきさまでした。

「王さまはいま、お休みになっていらっしゃいます。なにかお伝えすることはありますか」

クマは、こたえて言いました。

「それでは、お伝えください。おおせのとおり、蚊がどんな言葉を話しているのか、調べてまいりました。蚊はですな、こういうふうに話すのでございます」

そう言ってクマは、「ウォー」とうなりました。

ライオンのおきさきさまは、ライオンのところにこれを伝えにいきました。

「クマさんがいらして、お伝えくださいと。蚊は、こんなふうに話すそうですよ」

そう言うと、おきさきさまは、「ガルルー」とほえました。

それを聞いたライオンは、満足そうに言いました。

「それみたことか、きさきよ。いちばん小さな生きものでさえ、わたしの言葉を使っておる。思ったとおり、ほかの言葉などないし、ありえない」

そう言ってライオンは、ごろりと寝がえりをうって、いびきをかきはじめました。

74　まんなか

ライオンが、けものたちを集めて会議をひらきました。そして、めいめい足は何本とすべきか、意見をのべるように言いました。

「100本」

まっさきに、ムカデが言いました。

「2本でも多いよ。どうせ片足はたたんでしまうし」

こう言ったのは、コウノトリです。

「4本！」

「いや、6本だ！」

「8本のほうがいい！」

てんでばらばらな意見があがりました。

こういうときは、どうしましょうか。

この会議では、だれも不満のないように、まんなかの数字をとることになりました。つまり、足はみんな5本と決まったのです。

75　ライオンの命令

あるときライオンが、イノシシを殺して食べたあとに、ぐうぜんに、澄んだ水の面《おもて》に映る自分のすがたに気づきました。むきだしのきば、血まみれの口……。おせじにも美しいとはいえないすがたでした。

もう二度とこんなものを見なくてすむように、ライオンは次のようなおふれを出しました。

――水をにごらせよ。

76　さかさまの森

あらたに森の一区画をまかされたわかいカバは、なにごともきちんとしていないと気がすまないたちでした。森の住人たちをならべて鼻息もあらく、こう言いわたしました。

「わたしが来たからには、もうでたらめはゆるされぬ。縦のものは縦に、横のものは横に。さかさなど、もってのほかである」

しかし、とうの本人は、きれいなちょうちょを追いかけて遊んでいるだけで、縦のものを横にもしませんでした。でも森の住人たちは、カバの前に出るとすくみあがってしまって、なにも言えません。カバが水からあがってくるたびに、みんな気をつけをして、次の命令を待つのでした。

あるときカバは、森の住人たちをどなりつけて言いました。

「おまえたちの目は、どこについている⁉　湖を見たか？　あろうことか、なにもかもさかさまに映っているではないか。あのようなでたらめは、天地がひっくり返っても見のがすわけにはいかない。みなの者に命ずる。ただちに湖の秩序を取りもどすのだ！」

「チツジョ」なんて言葉を知っている者はいませんでしたから、何を取りもどせばよいのか、だれもわかりませんでした。それでも、カバの命令は実行されました。

「天地がひっくり返っても」というところだけはみんなわかりましたので、湖ではなく、岸のほうをさかさまにしたのです。

77　森の改修工事

コガネ虫が、ひともうけをしようと思い立ちました。そして考えついたのが、森の改修工事です。コガネ虫は一日じゅう飛びまわって、森をすみからすみまで見てまわり、その晩、こんな報告書を作りました。

――松ぼっくりが、松の木から落ちて散らかっており、木の葉は日光のシミだらけ。森じゅう雨もりひどし。

〈この大工事で、腹のほうにも金《きん》をかぶせられるぞ〉

コガネ虫はほくそ笑み、みんなに仕事をわりふりました。キツツキには木の皮の打ち付けを、ナメクジにはきのこのノリ付けを、毛虫には木の葉のつくろいを。

工事は大盛り上がり。コガネ虫はとっくに自分の腹だけでなく、一族みんなの腹にも金《きん》をかぶせたというのに、工事はいまなおまっさかりです。そして、終わりはまるで見えません。

78　木いちご

ハリネズミが、ライオンのところにやってきて、うったえました。

「森の暮らしにこまるようになりました。家族に食べさせるものがないんです」

「食べさせるものがないだと？　木いちごがあるではないか。下がれ、このうそつきめ！」

コマドリも、ライオンのところに飛んできて、うったえました。

「森の暮らしがきびしくなりました。ひもじい思いばかりしています」

「ひもじい思いだと？　木いちごがあるではないか。下がれ、このほらふきめ！」

クマが、ライオンのところにやってきて言いました。

「ありがたいことに、いい暮らしをさせてもらっていますよ。この森には、木いちごがたっぷりありますからね」

「そうだ、そうだ！　やっとほんとうのことを言う者があらわれた。どいつもこいつも、うそばっかりだ」

クマは、木いちごのしげみへ帰っていきました。そのしげみには、だれも近づくことができませんでした。クマが、ひとりじめしていたからです。

79　流れにさからって

魚たちがものを言わなくなってから、どれほど多くの水が流れ、どれほど多くの年月がすぎたことでしょう。その昔、こんなことがあったとか。

いにしえの魚たちがすんでいた、いにしえの川の両岸は、たえず言い争いばかりしていました。右の岸が、左の岸に

「草が水にひたっているぞ。なんてレベルが低いんだ」

と言えば、左の岸も、

「ずいぶんお高くとまっているようだが、わが身をふりかえってみるがいい。土ツバメ《つち》にほじくり返されて、あなだらけじゃないか」

と、やり返します。

川の水は、あっちの岸の言い分にも、こっちの岸の言い分にも、うなずいていましたので、すべては水の流れるがごとく、うまくいっていました。

ところがあるとき、低いほうの左の岸が、水と話すのにあきて、魚たちにこうたずねま

した。

「右の岸は、じつは、おれよりちっとも高くないんだろう?」

魚たちは、どちらのひいきもしないでこたえました。

「いいえ、あっちのほうが高い。でも、こっちのほうが草はみずみずしく、花は美しい」

魚たちはほんとうのことを言ったはずなのに、みんなおもしろくありません。左の岸は、自分より右の岸のほうが高いことを思い知らされ、右の岸は右の岸で、左の岸のほうが草はみずみずしく、花は美しいことを知ったからです。でも、いちばんおもしろくなかったのは、水でした。水は、バシャバシャとさわぎたてました。

「これで、水のあわ。両方のきげんをとってきたのが、ばれてしまう」

それは、取りこし苦労でした。岸と水が、今日の今日まで仲良くやってきたのは、ごらんのとおりです。

でも、魚たちは、これ以上みんなにきらわれないように、口をつぐむはめになりました。ふたつの岸のあいだを泳ぐのは、そうたやすいことではないということです。しかもコイのように、流れにさからって泳ぐのであれば、なおさらです。

80　年よりの野ウシ

年より野ウシのところに、野ウサギがかけこんできて言いました。

「助けてください、ぜったいぜつめいなんです！　キツネにすみかをかぎつけられてしまいました。いま、うちに帰れば、キツネにひっとらえられてしまいます。かといって、森のなかで夜を明かすわけにもいきません。オオカミたちに、ずたずたにされてしまうでしょうから。いったい、どうしたらいいんでしょう。もう暗くなってきたというのに、身をよせるあてもないんです……」

年よりの野ウシは、言いました。

「明日、あらためておいで。いっしょになにか良い方法を考えよう」

81　礼儀正しいオオカミ

えものを追いつめると、
「よろしくお願いします」
えものをバラバラにしながら、
「すみません、すみません……」
食事を終えると、
「それでは、失礼いたします」

82　おそろしいうそ

オオカミが、言いました。

「今は、昼である」

でも、だれも信じませんでした。だれがどう見たって、夜でしたから。

ところが、キツネがこう言いだしました。

「オオカミは正しい。今はほんとうに昼です。暗いのは日蝕《にっしょく》のせいですよ」

それは、おそろしいうそでした。なぜなら、そのうそは、いかにもほんとうらしく聞こえたからです。

83　ひとつかみ

リスが、夏のあいだじゅう寝こんでしまって、くりも、きのこも、なにひとつ、冬のたくわえを用意できなかったときがありました。こまったリスは、クマに手紙を書きました。

――クマどん、かくかくしかじかなので、助けてください。

〈そうか、そうか。それじゃあ、おれの気前のいいところをみせてやる。おれのたくわえからひとつかみ、わけてやろう〉

こう考えたクマは、野ウサギを呼びつけました。

「おい、ウサ公、リスのところへ、ひとつかみ、持っていってやれ」

クマは、あれやこれやをたっぷりつかんだ、大きな手のひらを広げてみせました。

クマのおすそわけを手押し車につみこんで、野ウサギは出かけていきました。でも、やってきたのは、リスのところではありません。子ウサギたちのところです。野ウサギはそこで積み荷をぜんぶ降ろすと、そのなかからひとつかみだけつかんで、それからようやく、リスのところへでかけていきました。

野ウサギが三本足で跳びはねていくと、ハリネズミにでくわしました。

「よう、ウサ公、なに、ひょこひょこしているんだい」

「ほら、おすそわけをひとつかみ、リスのところに運んでいるんだよ」

「おれが運んでやるよ。そういうのは、おれのほうがうまいからな。そら、せなかに積んでくれ」

荷物を積んでもらうと、ハリネズミは、まず、おくさんのところに走っていきました。そして、せなかの荷物をぜんぶ降ろすと、そのなかから、ひとつかみだけつかんで、また出かけていきました。

ハリネズミが三本足で歩いていくと、カエルにでくわしました。

「なに、よたよたしているの?」

「おすそわけをひとつかみ、リスのところに運んでいるんだよ」

「それなら、わたしが持っていってあげる。跳びはねていったほうが楽だもの」

とうぜんですが、カエルのひとつかみは、ハリネズミのひとつかみよりも、もっと小さいのです。ひとつかみからこぼれた分は、食べてしまうしかありません。むしゃむしゃ、むしゃむしゃ、カエルのおなかは、いまにもはりさけそうになりました。それでも鳥たちが、おこぼれにあずかるほど、あまったそうですよ。

それからやっと、カエルはリスのところへ三本足で跳びはねていき、手のひらを開いて、こう言いました。

「クマどんが、たくわえからひとつかみ、おすそわけをくれました。わたしの仕事は、あんたにとどけるだけ。あんたの仕事は、わたしにおすそわけをすることよ」

84　半分ほんとう

病気の野ネズミが、木の皮をカリカリとやって手紙をしたためて、風に乗せました。手紙は、友だちの野ウサギに、助けを求めるものでした。

——どうか、わたしに食べ物をとどけてくれませんか。あなたには、あたたかな、灰色の毛皮があるでしょう。わたしは、病気で外に出られないのです。

野ウサギの返事は、こうでした。

——食べ物は、とどけられない。灰色の毛皮は、もうない。

野ネズミは、心をいためました。

〈まあ、かわいそうに、毛皮がないなんて、きっと、つらい思いをしているにちがいないわ〉

野ウサギが、ほんとうのことを半分しか言わなかったことを、野ネズミは知りませんでした。灰色の毛皮がないのは、ほんとうでした。冬が来ると同時に、白い毛皮に替えていたからです。

85　オオカミヒツジ

　むかしむかし、あるところに、半分がオオカミで、半分がヒツジの、オオカミヒツジという生きものがいました。オオカミヒツジは、オオカミのように目をキョロキョロさせてうろつきながら、ヒツジのような声で鳴きます。そして、しげみのなかに頭をつっこんでは、ヒツジの群れを待つのです。しげみからは、ヒツジのおしりだけが突き出ているというわけです。

　さて、ヒツジの群れがやってくると、オオカミヒツジは葉かげにオオカミの顔をかくしたまま、自分の身の上をなげきはじめます。

「聞いてくださいよ。あの血もなみだもないオオカミどもときたら、まったくひどいんですよ。そろいもそろって、すきあらば、わたしのおしりにかみついてくるんです……」

　ヒツジたちは、オオカミヒツジのおしりの傷あとを見て、たいそう気の毒がって、身の上話にいっしんに耳をかたむけます。

　そこへどこからもなく、オオカミたちがあらわれたとします。オオカミたちが、ヒツジの群れにおそいかかると、あのオオカミヒツジも、オオカミたちの後ろにくっつきます。そして、いちばんあぶらの乗ったヒツジをむさぼり食ってしまうと、サッともとのしげみへもどります。それからまた、

「なんという、ろうぜき者たちだ！　もう、がまんがならない……」

とかなんとか、うらみつらみを言いはじめるのです。

ヒツジたちは、オオカミヒツジになんの疑いもいだきません。だって、オオカミから逃《のが》れたヒツジたちは、オオカミヒツジがどんなおそろしいことをしていたか、見ていなかったんですから。ただひとり、オオカミヒツジに食われてしまったヒツジだけは見たでしょうが、見たときにはすでに遅し、というわけでした。

こうしてヒツジたちはまた、オオカミヒツジのうらみ節に耳をかたむけるのでした。

86 毛皮

ライオンが、ハイエナに言いました。

「これから、おまえの毛皮をはぐぞ。その毛皮がとても気に入ったから、うちのほらあなの入り口に敷こうと思うのだ」

ハイエナは、悲鳴を上げました。

「えー、なぜ、わざわざ、そんなめんどうなことをするんです？　今のままでもじゅうぶん、わたしを踏みにじっているじゃありませんか」

87　生き残り

二頭の猛獣が、生きるか死ぬか、というよりも、おたがい死ぬしかない、はげしいとっくみあいをはじめました。二頭は、たけりくるって草の上でもつれあい、地面をひっかきまわして、おそろしいうなり声を上げました。

ほかの生きものたちはおおいそぎで、できるだけ遠くに逃げました。木のてっぺんに登った者もいれば、巣あなに逃げこんだ者、木のうろで息をひそめる者もいました。だれひとり、自分のかくれがから、手どころか口を出す勇気もありませんでした。

ようやく猛獣たちのたたかいが終わり、みんながぞろぞろ出てきてみると……、めちゃめちゃになった地面の上で、ミミズがのんびりとひなたぼっこをしているではありませんか。

「どうやって生き残ったの⁉」

だれかがたずねると、イヒヒとわらって、ミミズはこたえました。

「猛獣たちの爪《つめ》のあいだに、もぐりこんだのさ。踏みつぶすには、ぼくは小さすぎるんだよ」

88　足あと

野ウサギは、雪の上にハンコを押し、そのせいで命を失うはめになりました。
キツネは、ハンコを押しては、しっぽで消し、押しては消し、今も生きています。

89　はだし

キツツキが、古い松の木のうろに、靴屋をひらきました。キツツキは、木の皮をぬい、森のけものたちみんなに靴を作ってやりました。野ウサギなんて、サンダルを作ってもらったんですよ。

こうして、森じゅうのけものが、靴をはくことになりました。優雅な暮らしがはじまるはずだったのに、どっこい、こまったことになりました。靴にだまされて、どれがだれの足あとだか、においからも、かたちからも、見分けがつかなくなってしまったのです。

おたがいに、だれがだれだか、さっぱりわからなくなってしまったけものたちは、とうとう言いました。

「やっぱり、はだしでいいや！」

90　みんな満足

クマと野ウサギは、友だちどうしでした。もちろんほんとうの世界では、そんなことあるわけないですけれど、それはさておき、あるとき、野ウサギがクマをさそって言いました。

「村の友だちのところへ遊びに行こうよ」

村の友だちとは、馬と牛でした。もちろん、これもほんとうの世界ではありえないですけれど、それもさておき、森の友だちふたりは、さっそくいつもの野道をたどって村へ出かけていきました。

村の友だちふたりは、お客が来たのでおおよろこび。みんなでおしゃべりをして、おたがいをほめあいました。

野ウサギは、感心したように牛に言いました。

「ああ、牛さん、きみのしっぽはすばらしいねえ。しっぽのなかのしっぽだねえ。ぼくのなんて、こんなにちょびっとしかないよ」

すると牛は、

「そのかわり、いい耳を持っているじゃない」

と返します。

クマは、馬のひづめに見とれています。

「ぼくにも、そういうのがあったらなあ！　そしたら働いて、うんとかせぐのに……」

馬は馬で、こう言いました。

「どちらかというと、わたしは、一生に一度でいいから二本足で歩いてみたいわ。そうしたら、馬車にくくりつけられずにすむかもしれない」

みんなで、ああでもない、こうでもないと話したすえに、おたがいに取りかえっこしたらどうか、ということになりました。そして、〈これこそ、ほんとうの世界ではありえないことですけれど！〉野ウサギは牛のしっぽを、牛は野ウサギの耳を、クマは馬のひづめを、馬はクマの手をもらうことになりました。

最初はみんな、大満足でした。

野ウサギはさっそく、森のなかのひらけた場所まで走っていき、そこで牛の長いしっぽをふってみました。

〈こりゃ、すごい！　ハエがいなくて残念だなあ〉

このとき野ウサギは、キツネがすぐ近くまでしのびよってきていることを知りませんでした。長い耳がなかったので、気がつかなかったのです。

野ウサギがさいわいにも命びろいをしたのは、野ウサギに牛のしっぽがついているのを見たキツネが、おどろきのあまり、自分が何をしにきたかわすれてしまったからです。

クマは、どうなったでしょう。クマはあなにはいって、手をしゃぶりながら冬眠にはいろうとしたのですが、ひづめは、どうもしゃぶり心地が良くありません。クマはぶつぶつ言いながら野ウサギのところへむかいました。

野ウサギもちょうど、クマのところへかけてくるところでした。

「あぶなかったよ！　キツネの鼻先から、すんでのところで逃げてきたんだよ」

クマと野ウサギが村のようすを見にいこうとしていると、牛と馬がむこうから、あわてふためいてやってきました。

「どうしたの？」

牛は、こたえて言いました。

「どうもこうも、これじゃやってけないわ。乳しぼり係のやってくる足音が、はるかむこうから聞こえちゃうの。そうすると、自分でもわけがわからずに逃げだしちゃうのよ。ミルクがたまって、ああ、からだが重い」

馬も言いました。

「わたしなんか、荷車をつけられたとたん、二本足で立ち上がって、荷物をぜんぶふりおとしちゃった。もうおおさわぎ！　サーカスにやっちまえ、と言う人もいたし……そう、このわたしのことをよ！　それに、馬がくるった、とわめく人もいたの。どうしたらいいのかしら？」

どうしたらいいか？　そりゃ、また取りかえっこして、もとにもどすしかないでしょう。というわけで、また取りかえっこすることになりました。みんな満足したことといったら。前よりももっと、満足したのでした。

91　わかいツル

あるわかいおすのツルが、好みのめすのツルとなかなか出会えずにいました。こっちは足が短すぎるような気がするし、あっちはくちばしが長すぎるような気がするし、そうかと思えば、今度は羽のつやが悪いように思えるのです。ようやく自分の好みにぴったりのツルに出会ったと思ったら、そのツルはこちらを見るなり、

「あんたの目、まん丸すぎ！」

と言って、笑いながら飛び去ってしまいました。

わかいツルは、澄んだ水に自分のすがたを映し、よくよく見てみることにしました。すると自分自身について、たくさんの新しい発見がありました。足はちょっと細いし、くちばしはちょっとぶあついし、左のつばさにはへこみのようなものまであったのです。

すっかり落ちこんだわかいツルは、あてもなく飛び立ちました。飛び疲れて、ひと休みしようと降り立ったのはカエデの木でした。カエデの木には、古い荷車の車輪が引っかかっていました。

そこへどこからともなく、めすのツルがあられました。めすのツルは、よそもののわかいおすのツルを上から下まで見て言いました。

「あなた気に入ったわ！　ちょうど車輪もあることだし、いっしょに巣を作りましょうよ！」

「でもこの車輪、ちょっと丸すぎない？」

わかいツルは、ききました。

「まあ、そうかも。でも巣の下じゃ、どうせ見えないわよ」

めすのツルは、こたえました。

「あの……、ぼくの左のつばさには、へこみがあるんだけど……」

「わたしなんか、右のつばさにこぶがあるわ。だからなんだっていうの？　そのせいでわたしたちが、おたがいを愛する気持ちが減るわけ？」

その言葉をきいて、われらが主人公の心はすっかり軽くなりました。ツルのわかものには、自分をとりまく世界が最高の世界に、自分のとなりにすわるめすのツルが、最高のおよめさんに思われるのでした。

わかいツルは、おおよろこびで、さっそく新しいすまいの材料を探しに飛び立ちました。

92　小さな野原で

ヒメムラサキが、フウリンソウに言いました。

「あなたは、なんて美しいのかしら。なめらかで、上品で、星のかたちの青い花びら。小さなパラシュートみたい。いくらでも、ながめていられるわ」

フウリンソウも、言いました。

「いや、きみのように、いいにおいがするほうがすてきだよ。はちみつにコショウをきかせたような、いいにおいがここまでただよってくる。あまさのなかに、強さがある。そんなにおいの前にあっては、どんな美しさもかなわないよ」

「いいえ、見た目がはなやかなほうがいいわ」

こうヒメムラサキは返してから、

「それにしても、よいところは、みんなそれぞれなのね」

とつけたしました。

たしかに、とでもいうように、チリンとあいづちを打って、フウリンソウは言いました。

「でもさ、あそこに生えている根っこ見える？　なんてことのない灰色の根っこ。見た目がいいわけでもないし、いいにおいがするわけでもない。なんのために生えているかわからないね」

ヒメムラサキも、うなずきました。

「ほんとだわ。あなたは美しい、わたしはいいにおい、あの根っこは？」

やりとりを聞いていた根っこは、思わず口をはさみました。

「きみはいいにおい、彼は美しい。そして、ぼくは……、ぼくもなにかあるんだけど、なんだったか思い出せないんだよ。今朝、通りがかりのおじいさんが、つえでぼくを指しながら、孫になにか説明していたんだけど、そのなにかをわすれちゃったんだよ」

ヒメムラサキは、フウリンソウに目配せをしました。

〈あら、かわいそう。思い出すことなんてなにもないのね〉

あら、あら、かわいそう、ヒメムラサキとフウリンソウは、首をふりました。そうやって、あら、あら、あら、とお昼すぎまで首をふっていました。

午後になって、ふいに根っこが、大声をあげながら草むらから飛び出しました。

「思い出した！　ぼくになにがあるか。ぼくにはね、『効《き》き目』があるんだよ！」

「『効き目』だって!?」

フウリンソウとヒメムラサキは、おどろいて顔を見合わせました。

「『効き目』って、病気を治すのに役立つってことだよね！　それなのに、ぼくらったら……、ごめんね、根っこくん」

フウリンソウとヒメムラサキは、根っこに頭を下げてあやまりました。

真夜中までそうやって、フウリンソウとヒメムラサキは、ぴょこぴょこぴょこと、頭を下げていました。

93 かごのなかの友だち

夕方、動物園がしまったあとのことです。白鳥が、とくいそうにこう言いだしました。

「みんな見た？ 人間たち、ぼくに見とれていた。なぜって、ぼくが白いから。白は、もっとも清らかで、もっともはなやかな色だね。子どもたちのよそ行きは、白。花よめさんは白いドレスをまとい、王子さまは白馬であらわれる」

「そう、そう、白がいちばん美しい」

白いウサギと白い小馬が調子を合わせると、ゾウが口をはさみました。

「でも、白はよごれやすいよ。灰色だったら、まったくその心配がない。灰色は気品があって、落ち着いていて、目だちすぎない」

灰色のロバも、うなずきました。

「そのとおり。いちばんすぐれた色は、なんといっても、灰色だね」

「いいえ、茶色よ！」

リスが反対しました。

そのあとはみんな、くちぐちに言いたいほうだい。

ただひとりシマウマだけは、すみっこの囲いのなかでだまって立っていました。でも、ついにがまんができなくなって口を開きました。

「いちばんは……、いちばんは、しまもようじゃないかしら」

味方をする者は、いませんでした。ミミズクなんて、声を立てて笑ったほどです。リスも、いじわるそうに言いました。

「そこまで言うなら、理由を言いなさいよ」

あわれなシマウマは、なにも言えず、動物たちを見まわしました。白に、灰色に、茶色に、色とりどりの動物たち。そのなかに、しまもようはひとりもいませんでした。

日がしずみ、夜になりました。遠くはなれたおりのなかで、トラがうなり声を上げました。トラもしまもようでしたが、シマウマはそんなことを知りません。知ったとしても、うれしくはなかったはずです。

飼育員さんたちが園内の小道をはいて、おりのそうじをはじめました。年老いた守衛さんが仕事にやってきて、いつものように買いものかごをシマウマの囲いに引っかけました。

そして、動物たちにおやすみを言いにでかけていきました。

シマウマは、長いこと寝つけませんでした。

ふいに、声がしました。

「しましまさん、ねむれないの？」

とつぜんのことでしたので、シマウマはビクッとからだをふるわせました。しまもようがさざ波のようにゆれました。

声は、守衛さんの買いものかごのなかからするようでした。

「そのやさしい声は、だれ？」

シマウマは、たずねました。

「ぼくだよ、きみの友だちだよ」

声は、やはり買いものかごのなかからでした。声は、さらにこう言いました。

「きみはきれいだね。しまもようより、きれいなものはないよね」

「からかってるの？」

シマウマはこう聞きながら、かごに近づきました。なかをのぞきこむと……、はいっていたのは、スイカでした！　そう、だから、からかってなんかいなかったんです。スイカだって、しまもようですからね。

シマウマは、しめったくちびるでスイカにふれました。赤ちゃんシマウマの頭にふれるみたいに、そっと。するとすぐに、おだやかな、やさしい気持ちがシマウマを満たしていきました。シマウマはひたいをかごにあずけ、うとうとしはじめました。みずみずしい、つるっとしたスイカの肌が、ほてったシマウマの頭を冷やし、夢のなかへといざないます。しまもようをまとったふたりは、なんの引け目も、気おくれも感じることなく、美しくかがやいていました。

94　灰色の羽根の話

　これは、灰色の羽根のお話です。どこかの巣から飛ばされた、小さな灰色の羽根のお話です。もしかすると、巣から飛ばされたのではないかもしれません。どこかの鳥が、枝の上で羽《は》づくろいをしていたときに、つばさからぬけ落ちたのかもしれません。あるいは空をわたる旅の鳥が、落としていったのかもしれません。たしかなことは、なにもわかりませんでした。

　でも、この灰色の羽根をひょいとつかまえた風は、「きみはだれの羽根？　どこからきたの？」なんて、やぼなことはたずねませんでした。灰色の羽根にしたって、自分のことは、なにひとつ、おぼえていなかったにちがいありません。灰色の羽根は、ただいっしんに、羽毛の一本一本を細い指のようにパタパタと動かして、はばたいていました。

　灰色の羽根が、そうやってけんめいに飛んでいくと、おんどりがいました。灰色の羽根は、おんどりにたのみました。

「おんどりさん、きみのつばさに入れてよ」

おんどりは、けたたましい鳴き声をあげて、こたえました。

「おれさまは、おんどり。おれさまの羽根は美しい。ところがおまえときたら、みっともない。とっととよそへ行くんだね」

灰色の羽根は、しかたなく先へと飛んでいきました。すると今度はオウムに出会いました。

「オウムさん、きみのつばさに入れてよ」

オウムのこたえは、こうでした。

「ぼくは、オウム。ぼくの羽根は色あざやか。ところがおまえときたら、灰色で地味。とっととよそへ行くんだね」

灰色の羽根は、また先へと飛んでいきました。風に乗って、すーっと。すると今度は、クジャクがいました。

「クジャクさん、そのつばさに入れてよ」

「わたしは、クジャク。わたしの羽根は特別でめずらしい。ところがおまえときたら、ありふれていてつまらない。とっととよそへ行くんだね」

灰色の羽根は、また先へと飛んでいきました。風をはらんで、ふわりと。そして、名も知らぬ小さな小鳥に出会ったのです。

「小鳥さん、せめてきみだけでも、そのつばさに入れてくれないかな……」

「いいわよ」

小鳥は、あっさりこたえました。

灰色の羽根は、さっそくそのつばさにもぐりこみました。ずいぶん長いこと飛んできたので、とてもつかれていたのです。

〈いばらない小鳥だな。いばれるものなんてないか。かん高い鳴き声をあげられるわけでもない、尾羽《おばね》をおうぎのように広げられるわけでもない。――それにしても、何という鳥だろう？〉

灰色の羽根は、小鳥にきいてみることにしました。

「小鳥さん、きみの名前は何というの？」

「ナイチンゲールよ」

そう言うと小鳥は、木のてっぺんにすっと舞いあがり、歌を歌いはじめました。ただひとり、ナイチンゲールだけが出せるような、それはそれは、美しい歌声でした。

95　夏の一日

長い夏の一日、カゲロウは、ただゆらりゆらりと、宙をただよっていました。上には太陽、下には花々、「この世界で生きるのは、なんてすばらしいことなの！」とでも言いたげに。といっても、とうのカゲロウは、上も下もわかっていませんでした。もしかたらそれは、カゲロウが少しばかり、目を回していたからかもしれません。カゲロウには、まわりのものすべてが、たえまなく立ち位置を変えながら、踊っているように見えていたことでしょう。この世界について、カゲロウは何を知っていたのでしょうか。カゲロウが知っていたのは、この世界が光に満ちあふれ、いいにおいがする、ということだけでした。

カゲロウのまわりのすべては、なにもかもが楽しげでした。鳥たちは歌い、キリギリスたちは音楽をかなで、みつばちのむれはぶんぶんいって、花々はうやうやしくおじぎをかわしていました。でも、なんといってもいちばん楽しそうだったのは、ゆらゆらと舞いつづけるカゲロウでした。もしカゲロウが歌うことができたなら、その歌声に乗って、思いもよらぬ美しい音の数々が自分のまわりにあふれだすのを、カゲロウは聞いたことでしょう。――ん？　ちょっと待ってください。カゲロウは、音を聞くんでしょうか？　まわりの花々や木々や虫たちや鳥たちをほんとうに見ていたんでしょうか？――おそらく、カゲロウは見ても、聞いてもいなかったと思います。見るでも聞くでもなく、すべてのものをいっぺんに感じていたんだと思います。太陽の光とともに音を、からだぜんたいで吸収していたんだと思います。

こういうこと、あるでしょう？　夏の晴れた日の朝、目はさめたけれど、まぶたはとじたまま、頭もぼんやりして、まだなにも聞こえない、それなのに、もうまぶしいような、うれしいような、軽やかな気持ちになることって。

カゲロウも、そんな感じだったんです。時がたつのも気がつきませんでした。時がなんなのかを知りませんでしたから。カゲロウはただただ太陽を感じて、そしてそれだけでじゅうぶんでした。もし太陽がずっとのぼったままだったら、カゲロウは疲れを知ることもなく、何千年も何万年も舞いつづけていたことでしょう。カゲロウは、きらきらと宙を舞う、太陽の光のつぶそのものでした。

それでも、日暮れはやってきました。カゲロウは、落ち着かなくなりました。何が起きたのか、知るすべもないカゲロウには、世界の終わりが来たように思えたことでしょう。カゲロウは、舞うのをやめました。はねがいうことをきかなくなり、あっちの花にとまったり、こっちの花にとまったり、ちょくちょく休みをとらなければならなくなりました。

「これからどうなるの？」

カゲロウは、花たちにたずねました。

「どうもならないわ。日がしずむだけよ」

花たちは、落ち着きはらってこたえました。

「どうもならないって？　日がしずむって？　みんな終わりってこと？」

「落ち着きなさいよ」

と、花たちは言いました。

「日はまた明日のぼるわ。なにを心配しているの？　ずっとあたたかいし、ずっと草はのびているし、ずっと花はさいているじゃない。夜にお日さまがいないぐらい、どうってことないでしょう」

「それは、ちがう」

こう言ったのは、木々でした。木々は続けて言いました。

「ずっと草がのびているわけでも、ずっと花がさいているわけでも、ずっとあたたかいわけでもない。冬、というものがあるのだ。――花たちよ、ひと夏しか生きぬおまえたちは知らぬだろうが、わしらは何十年、何百年と生きていて、それを知っている。夏が終われば寒さと長雨が、そのあとには雪がやってくる。何か月ものあいだ、このあたりはみんな、かれはててしまうのだ」

カゲロウは、もはや花から花へ飛ぶこともできず、地面をはっていました。寒さや、かれてしまう花々の話をきいたカゲロウは、ぴたりとはねをとじました。そして、そのはねがひらかれることはもう二度とありませんでした。

夜になり、夜空いちめんに星が広がりました。星たちは、木々や花々が何を話していたのか知りませんでした。星たちのいるところは、はるか遠いところにありましたから。そうでなかったら星たちはきっと、もっとたくさんのことを教えてくれたはずです。自分たちが何億年も何十億年も生きていること、でも時がくれば星だって、ほかの星たちにあとをまかせて、消えてゆくのだということを。

でも、カゲロウは、もうずいぶん前に永遠の眠りについていました。小さなはかないカゲロウにとっての億年は、たった一度きりの、その夏の一日だったのです。

96　小さな光の島々

光のウサギ*たちが、楽しそうに部屋のなかを跳ねていきます。壁から天井へ、床《ゆか》からカーテンへ。ネコの耳を照らしたかと思えば、カーテンのふさへ、つくえの角《かど》へと、跳ねていきます。くすくす笑いながら、こう話しているみたい。

「そこいらじゅう明るくて、うれしいな。でも、いちばん明るいものよりも、ぼくらのほうが明るいな。なんてことのない壁のひとすみも、なんてことのない椅子の背もたれも、ぼくらの手にかかれば、うっとりするような絵になるよ。——ぼくらは小さな島々、光とぐうぜんがおりなす島々。ぼくらは、気まぐれでおっちょこちょいだけど、世界はこんなにもすばらしいところだから、どこへはいりこんでしまっても、なにかしら見るものはあるはず」

光のウサギたちは、くるくる回り、ぴょんぴょん跳ねて、くすくす笑っています。

＊ロシア語で木もれ日や室内に差しこむ陽ざしの斑点のことを「太陽の小ウサギ」という。

97　雨のち晴れ

どんよりとした空の下を、かなしい、かなしい雨がとおって行きました。行く先々で、雨は、森の木々に出会い、村の家々に出会い、庭の花々に出会いました。人々に出会ったとき、かなしみはうすれ、雨の心は少しばかり晴れました。

98　よろこび

あるところに、いつも楽しそうにしている人がおりました。その人にとっては、すべてのことがよろこびでした。太陽も、風も、雨も。すらりとした草を一本見つけただけで、その人はうれしくなったのです。

それは、そうぞうしく、おろかなよろこびではなく、静かで、深いよろこびでした。おろかな者は、よろこびさえもかなしみに変え、かしこい者は、かなしみにさえなぐさめられるのです。

しかし、不幸はだれの身にもふりかかりますから、そう、あるときのことでした。この人も、ふと、自分はよろこびをなくしてはいやしないか、かがんで見てみようと思いたちました。その人はとても軽やかだったので、その軽さゆえに不安になったのです。

ところが、身をかがめたとたん、よろこびは、ほんとうになくなってしまいました。「どういうことだ？」とその人は自分に問いかけました。たった今まであったのに、あとかたもなく消えうせてしまった！

それから、その人は、重い足を引きずりながら、野をこえ山をこえ、谷をわたって森をぬけ、自分のよろこびを探して歩きました。たくさんのいろいろなよろこびを、ほかの人々のところで目にしました。しかし、自分のよろこびは、どこにも見あたりませんでした。いくら腰をかがめてみても、いくらすみずみまで探してみても、なくしたものは出てきませんでした。

ついにその人は、背筋をピンとのばしました。探しものはもうたくさんだ！　ないものはない、どうしようもない。一生腰をかがめて、さすらい歩くわけにもいかない。

ところが、背筋をピンとのばしたとたん、まるで奇跡のように、よろこびがもどってきたのです！　なくなったときとおなじように、どこからともなくもどってきたのです。

どうしてこんなことが起きたのか、長いこと考えに考えて、その人はついにさとりました。よろこびは、とてつもなく明るくて透きとおったものだから、身をかがめると自分自身の影でおおわれてしまって、なくなったように見えたのです。

その人が、かしこい人でよかった。おろか者だったら、そこまで思いいたらなかったでしょうに。

99　ゾウのこと

あるところにゾウと……、いえ、ゾウがおりました。ほかにだれがいたかって？　だれもいませんでした。このお話には、ゾウのほかにはだれもいませんでしたし、なにもありませんでした。しかし、いくらゾウが大きくても、それだけではお話にはなりません。だってそうでしょう？　たとえいちばん大きくて、いちばん強かったとしても、ゾウだけで、何ができるっていうんです？　木を引っこぬくことができるですって？　でも、木はないんですよ、ゾウしかいないんですから。水だって飲めません。水飲み場になる川だってないんですから。

よくよく考えてみたら、このゾウ、もしかしたら大きくないのかもしれませんよ。だって、ゾウより小さいものがいないんですから。かといって、小さくもありませんよね。だって、ゾウより大きなものがいないんですから。そもそもこれは、ゾウなんでしょうか？ゾウしかいなければ、ゾウと名づけたものもいないし、何とくらべて、こっちをゾウと呼ぼうと決めたのか、わかりませんよね。

つまり、「あるところにゾウがおりました」と言ったら、それはゾウしかいないわけではありません。そして、だからこそ、大きくて強くてゾウと呼ばれ、お話の役に立つというわけです。

100
石

むかしむかし、あるところに石がすんでいました。すんでいた、というよりは、あったんです。あるところ、というよりは、ある影に――。大きく枝を広げた、カシの木の下に石はありました。一年そうやって、石はそこにありました。でも、石にはなにも起こりませんでした。それから十年、石はそこにありました。そのあいだも、あいかわらず石にはなにも起こりませんでした。

でも、どんなお話も、なにかしら起こらなくては、終わることができません。だから、この石のお話は、けっして終わることがありません。

うだるように暑い夏の日には、古いカシの木《こ》かげの、この石のところへ来て、腰をおろしたらいいでしょう。きみを呼ぶ声がするまでの、ほんのひとときのあいだでも。

それからきみは腰をあげ、呼ばれるままに小道を帰ってゆくでしょう。でも、石はそこに残ります。そのままずっと、待ち続けるのです。何を待つのかって？　その身になにも起こらないことを、でしょうか。

訳者あとがき

かれこれ十年以上前のこと、現代ロシアの児童書を読む機会が多かった私は、お話そのもののおもしろさと力強さにおいて、他とは一線を画す作家に出会いました。ソ連時代の女性作家であることはすぐに調べがついて、なるほど、と納得はしたものの、それにしては聞いたことのない名前でした。いぶかしがりながらも、インターネット書店に並んでいる彼女の絵本をすべて取り寄せてみると、どれも粒ぞろい。私は宝の山を掘りあてたような気持ちになりました。

森や野や庭先の植物や生きものたち、あどけない子どもたち、身近な自然や風物を題材にした愛らしい小さなお話の数々からは、作家が日々の暮らしのなかのちょっとした発見をよろこび、愛《め》で、可笑しがり、そこからするするとお話を引き出していく様子が目に浮かびました。なにより私をよろこばせたのは、ユーモアがぴりっと効いて、きちんとオチがあり、無駄なくシンプルにまとまっていることです。おもわず声に出して読みたくなるほどリズミカルでテンポの良い、まるで詩のような文章。そこに使われている語句はきわめて平易でありながら、言葉遊びや二重の意味が巧みに隠されていたりします。

自然な流れで当時の原書も見てみたいと思うようになりました。古本商や個人から入手した一九四〇〜七〇年代の古い絵本や児童雑誌は、旧ソ連の国々だけでなく、イスラエルやアメリカ、オーストラリアからも送られてきました。

こうして集まってきた原書のなかに一冊、『大人のためのおとぎ話』（一九六二年）という、他の絵本とは趣の異なる本がありました。質素ながら洗練された装丁の小ぶりな本でしたが、私はなにか穏やかでないものを感じました。「大人のため」と銘打っているだけのことはあるのでしょうが、二部構成の前半に集められている話の多くが、どことなく意地悪で棘《とげ》があるように思えたのです。といっても、子ども向けの絵本に収録されていたのと同じ話も多く、どの話も幼い読者が容易に理解できる語彙と内容です。それでも、これは単純なかわいい本ではないとすぐにわかりました。この辛辣な皮肉や風刺はどこから来るのだろう……。興味をそそられた私は、作家について本格的に調べはじめました。しかし、研究者でもない一個人が到達できる情報は限られたもので、とくに日本語の文献はほとんど出てきませんでした。おそらくそれは、この作家がソ連の文学史から抹消された作家だったからでしょう。

イディッシュ語（東欧ユダヤ人の言語）とロシア語のバイリンガル詩人であった作家の著書は、彼女のイスラエル帰化後、ソ連検閲当局の指示によって図書館や書店からすべて没収されました。全盛期には百万単位の発行部数を誇る人気作家であり、ソ連児童文学の巨匠チュコフスキーやマルシャーク、詩人アフマートヴァをはじめとする著名な文化人らに高く評価されていたというのに。

現代ロシアの児童書作家アロムシュタムは、自身が子ども時代に読んだ本について、こう回想しています。「ラヒリ・バウムヴォリは、私の子供時代の作家である。私は、彼女の『やさしいまくらのお話』〔引用者注　子ども向けラジオ番組〕で育ったといっても過言ではない。それがある日、彼女は〝突然〟いなくなった。私の家には、なんらかのかたちで〝消えてしまった〟こうした作家の本が、本棚いっぱいにあった」（マリーナ・アロムシュタム、児童書紹介サイト「パプマムブク」、二〇一七年）。

ハルキウ出身のジャーナリストも、ドイツのロシア語話者向けウェブ新聞に寄せた作家に関する記事をこう結んでいます。「ラヒリ・バウムヴォリ。ロシアにその名を知る人は少ない」（イリーナ・パラシュク、「パルトニョール」、二〇一七年）。

あらためて、作家のプロフィールをごく簡単にご紹介しましょう。

＊

母語イディッシュ語とロシア語を自由に操り、詩や童話の創作、翻訳を手がけたラヒリ・バウムヴォリ（Рахиль Баумволь）は、一九一四年三月四日、現在のウクライナ、オデーサに生まれました。父親は当時名の知られたイディッシュ語劇の作家でしたが、自ら主宰する劇団の公演の帰途、妻と六歳の娘の目の前でポーランド兵に殺されます（当時はポーランド－ソビエト戦争のさなかでした）。

幼い頃から飛びぬけた文才をあらわしたラヒリが、詩壇にデビューしたのは一六歳のときでした。大学の在学中も次々と詩集を出し、卒業後はイディッシュ語の詩人として旧ソ連で名を知られるようになりました。しかし、第二次世界大戦後、スターリンの反ユダヤ主義政策により、イディッシュ語での出版の道を閉ざされてしまいます。やむなく一九四〇年代末頃から、検閲のそこまで厳しくなかった児童書の分野で、ロシア語で詩や童話を書くようになり、人気を博しました。代表作は版が重ねられ、外国語に訳されたものもあります。のちのノーベル賞作家アイザック・バシェヴィス・シンガーをはじめ、イディッシュ語作家たちの作品をロシア語に訳したのもこの時期です。

一九七一年、先にイスラエルに渡っていた反体制派活動家の息子に続き、同じくイディッシュ語の詩人であった夫とともにイスラエルに帰化すると、ソ連当局は夫妻の著作物を発禁処分にし、実質的にその存在自体をなかったことにしてしまいました。そのため、イスラエルでは創作活動を続けていたものの、帰化以降、旧ソ連で彼女の名前が表に出ることはほぼありませんでした。

二〇〇〇年に作家の友人である文学者ウラジーミル・グロツェルにより、彼女の功績を讃《たた》える文章（文芸誌「ノーヴイ・ミール〔新世界〕」、四月号、同号に掲載されたバウムヴォリの詩への序）がロシアで出たことは、最晩年の作家に大きなよろこびをもたらしましたが、そのわずか数カ月後の二〇〇〇年六月十六日、ラヒリ・バウムヴォリは八六歳でその長い創作の旅を終えることになります。

前後するように、ソ連崩壊後のロシアで発掘の試みが見られるようになり、とりわけ児童書を中心に復刻版や新たな本が相次いで出版されるようになりました。二〇一四年には、ロシア国立図書館が生誕百年の記念展示を行うなど、再評価の流れは続いています。

＊

作家の来歴に対していだく先入観かもしれませんが、小さな愛らしいものに向けたまなざしのその先には、暴力や弾圧、腐敗した官僚政治、その周囲に烏合《うごう》し、へつらい、見て見ぬふりをし、意見の異なる者を排除するような巨悪があったのではないでしょうか。

『大人のためのおとぎ話』に代表される作品の多くが、一見単純で素直でありながら隠喩や寓意《ぐうい》に満ち、随所に仕掛けがあることは、よく指摘されています。これを「知恵の悪戯《いたずら》」と名付けた評者もいました（アッラ・カルーギナ、米国最大のロシア語メディア、コンチネントグループのウェブ新聞「コンチネント」、二〇一三年）。

ロシアやユダヤの文化に造詣の深い読者であればさらに、下地にある伝統的な寓話《ぐうわ》や民話にも気づくことでしょう。原書を読むことができれば、諺《ことわざ》や慣用句などを発見するたのしみもあります。たとえば、「毛皮」という話では、ハイエナの毛皮を気に入ったライオンが、自分の巣穴の入り口に敷くためにハイエナを殺して毛皮をはごうとしますが、ハイエナは力ではかなわぬ相手に対し、なぜわざわざそんな面倒なことをするのか、今のままでも十分踏みにじっているじゃないかと返します。原文では、「嘲る、侮辱する」を意味するвытирать ноги（足を拭く）という慣用表現で遊んでいます。

もちろん、こうした裏がありそうな話ばかりではありません。むしろ、それとは逆の、自然や生命を純粋に慈しみ、素直に笑いをたのしめる他意のないお話のほうが、おそらくはこの作家の心にかなう創作の方向性だったはずで、『大人のためのおとぎ話』の後半にはそうした愛と光にあふれるお話の数々が収録されています。

「大人のためのおとぎ話』は私の愛読書になりました。しかし私は、私一人がたのしむだけの本にしておくにはもったいないことをはっきりわかっていました。それほど逡巡《しゅんじゅん》することもなく、私はソ連崩壊後に彼女の作品を出しているロシアのすべての出版社に当たり、作家のご子息の連絡先を入手しました。

ソ連時代に「地下出版の王」と呼ばれたユリウス・テレシン氏は、いつも鋭く手厳しい、同時にあたたかな励ましに満ちた助言を与えてくれました。しかし、私は自身の身辺の慌ただしさと不甲斐《ふがい》なさゆえにこの貴重なつながりを幾度となく失い、この翻訳プロジェクトも長いこと棚上げしたあげく、ようやく再開というときに、ロシア語を取り巻く世界が大きく変わるような出来事が起きました。

二〇二二年二月に始まったロシアによるウクライナ侵攻は、それまでたのしくロシア語を学び、ロシア語で仕事をしてきた私にとって、なにも手につかなくなるほどショッキングな出来事でした。ちょうど著作権者探しに奔走してくれていた方々を含む、ロシア語圏の友人知人の状況や関係性が瞬く間に大きく変わりました。あからさまな暴力と抑圧を目の当たりにしながら、戦争から逃れる人々の支援に駆け回った日々と、そのなかで重ねた様々な人々との個人的なやり取りは、ずいぶん前から目論んでいたこのあとがきの構想を白紙に戻してしまいました。

まるでなにごともなかったかのように、すごくかわいくておもしろいので是非読んでください、とはお勧めできなくなりました。では、作家のプロフィールを前面に出して、こういう状況だからこそ読むべき作家ですよ、という切り口はどうだろう？——私は自分に問いかけます。——多様性の尊重が声高に唱えられながら、それ以上の強さでこれを否定する空気が濃くなり、暴力がまるで正当な手段であるかのように大手を振って歩き出している昨今、時代は違えど、複雑で多様な民族・文化・言語の背景を持つ作家が抑圧と言論統制の下で書いた作品は読む価値があるはず。そして、強大で卑劣な悪に向けた刃を、狡猾《こうかつ》とも言えるほど巧みにユーモアでくるみ、シンプルでやさしい言葉で語りかけることのできた才能には学ぶところも大きいのではないか、と。

しかし、この切り口も悲劇や不幸を利用するようで気が進まず、私の筆は止まってしまいました。大きなかなしみや痛みを前にしたら、どんな言葉も白々しくて、なにも書けなくなってしまったのです。

二〇二四年一〇月現在、ウクライナの状況は依然落ち着く気配がなく、私の感情も思考も千々に乱れたままで、このあとがきも着地点を見いだせずにいます。

本書の構成と翻訳の方針について

本書は、作家の創作活動の中期（一九四〇年代末〜一九七一年）にロシア語で発表された、主に童話のなかから、日本の読者に楽しんでもらえると思う一〇〇話＋一話を私の好みで選んで並べ直し、翻訳したものです。

『大人のためのおとぎ話』をそのまま翻訳するのがいちばん手っ取り早かったのですが、言葉遊びがメインの話や、いまの日本の読者の感覚にそぐわないと思われる話も含まれていること、この本以外に収録されているすばらしい作品も多数あることから、入手できたロシア語の童話をすべて浚《さら》ったうえで取捨選択することにしました。

原作は単行本だけでなく、雑誌、新聞、アニメーション、ラジオ番組と多岐にわたり、改訂を重ねながら複数の媒体に繰り返し掲載されているものも多いです。原作のバージョンが複数ある場合には、それぞれを比較したうえで、結論が異なるなど大きな違いがある場合は、私の好みに合うものを採用し、単語や表現等のわずかな違いであれば、すべてのバージョンを底本として意訳しました。

バウムヴォリの童話の多くは、将来「児童・成年文学」の新ジャンルに分類されるだろうと当時の評論家が指摘したように（セルゲイ・シヴォコニ、「児童文学」、一九六九年）、大人も子どももおなじように読める、ごく平易な文章でありながら、読み手によって幾通りもの読み方ができることが魅力です。その魅力を活《い》かせるように、本書も幼い子どもから年齢を重ねた大人までがたのしめる本を目指しました。

今回は採り上げなかった話や詩作品、原書の素晴らしい挿絵も、また別の形で紹介できる機会があればと私の夢は尽きません。


この作家に出会ってからほぼ十年。長い年月にわたり、多くの人を巻き込みました。その出会いの一つひとつが、強い印象を私に与えるものでした。

著作権者を探すために見ず知らずの日本人のために奔走してくださった方々のなかでとくに力を尽くしてくださったロシアの女性（本人の希望で匿名にしますが）には感謝しています。ウクライナのオレーナ・ザスラフスィカさんには、この場を借りて厚くお礼を申し上げます。オレーナさんは、侵攻後に避難を余儀なくされましたが、お母さまのアダ・ダーリさんが晩年の作家と親交があったことからご遺族に直接つないでくださいました。

出版社や専門家を紹介してくださったり、イディッシュ語作家の調べ方を教えてくださったり、資料を入手する手助けをしてくださったりした方々もいます。様々な国籍のロシア語話者の友人たちは、自分たちの大変な状況にもかかわらず、私のしつこい質問に付き合い、背中を押してくれました。なかでもイスラエル出身のエレーナ・アフラモヴァさんには、ユダヤの文化や言葉について有益な知識を賜りました。ありがとうございました。

校正の範囲を大幅に超えて貴重な助言を与えてくださった服部千絵さん、つねに最善の道を示してくださった群像社の編集長、島田進矢氏にも心からお礼を申し上げます。

世界じゅうの大人が、おとぎ話を信じていたいという気持ちを失いませんように。

（相場　妙）

収録話の原典

ここに挙げた資料は、翻訳にあたってもっとも依拠した原典です。適宜異文を参照しています。

書籍

Сказки для взрослых, «Советский писатель», 1963, Москва.

Клетчатый гусь, «Детская литература», 1968, Москва.

Лицом к солнцу, «Детская литература», 1969, Москва.

Под одной крышей, «Детская литература», 1966, Москва.

Про всё сразу, «Детская литература», 1970, Москва.

Разные сказки, «Детский мир», 1962, Москва.

Редькин хвост, «Малыш», 1966, Москва.

Синяя варежка, «Детгиз», 1963, Москва.

雑誌・新聞

Будильник, «Мурзилка», 1956, No. 9, C. 21, Молодая гвардия, Москва.

音声・映像資料

Летающая косынка (диск 1, No. 5), «Сказка на ночь», Фирма Мелодия, 2006, Москва.

※ラジオ番組《Сказки о доброй подушки》(1965, Николай Литвинов朗読)を収録したもの。

ラヒリ・バウムヴォリ

(1914-2000)

オデッサ（現オデーサ、ウクライナ）生まれ。父はイディッシュ語劇団も主宰した演劇人。16歳で詩壇にデビューし20代でイディッシュ語詩人として名を知られるようになる。その後、スターリンの反ユダヤ主義政策でイディッシュ語での出版の道が閉ざされるが、ロシア語の児童文学作家となり、著書が百万単位の発行部数を誇るほどに人気を博した。シンガーなどイディッシュ語作家のロシア語訳も手がけていたが、1971年にイスラエルに帰化するとソ連当局は以後この作家の本を発禁処分にし、書店や図書館にあった既刊本も一掃してしまった。亡くなる直前にはロシアの有名文芸誌に作品が掲載され、2014年にはロシアで生誕百年の記念展示もあり、再評価されている。

訳者　相場妙（あいば たえ）

1977年生まれ。ロシア語および英語の技術翻訳に携わるかたわら、子どもの本も訳している。主な訳書に『〈死に森〉の白いオオカミ』（徳間書店）。

群像社ライブラリー 48

バウムヴォリの小《ちい》さなお話《はなし》

2024年11月26日　初版第1刷発行

著　者　ラヒリ・バウムヴォリ

訳　者　相場 妙

発行人　島田進矢

発行所　株式会社 群 像 社
神奈川県横浜市南区中里 1-9-31 〒232-0063
電話／FAX　045-270-5889　郵便振替　00150-4-547777
ホームページ http://gunzosha.com　E メール info@gunzosha.com

印刷・製本　モリモト印刷

カバーデザイン　寺尾眞紀

Рахиль Баумволь
МАЛЕНЬКИЕ СКАЗКИ БАУМВОЛЬ
Rachel Boymvol
FAIRY TALES OF BOYMVOL

ISBN978-4-910100-38-8　C0397

オデッサ物語

バーベリ　中村唯史訳　オデッサを支配した偉大なギャングたちの伝説、虐殺された鳩の血とまぶしい太陽の鮮烈なイメージに彩られた少年時代のユダヤ人街の記憶。1920 年代以降ロシアで熱狂的支持を受けたバーベリ。黒海沿岸の国際都市から生まれたロシア文学のもうひとつの世界。　ISBN978-4-905821-40-3　1800 円

ポトゥダニ川　プラトーノフ短編集

正村和子・三浦みどり訳　戦争が終わり、川のある故郷に帰った元兵士の若者はどのように生きていくのか。表題作ほか、ある男の秘められた聖なる魂や少年の心の動きを見つめた掌編 3 作と、のちの作品のモチーフがつまっていると評価される初期の幻想的短編。プラトーノフの新たな一面が光る小さな作品集。

ISBN978-4-910100-31-9　1800 円

石の主《あるじ》

レーシャ・ウクライーンカ 法木綾子訳　多くの作家が題材にしたスペインのドン・ファン伝説をウクライナの代表的詩人が戯曲化。幼少期からウクライナ語の教育を受け転地療養を通じてヨーロッパ各地の文化を吸収して十を越える言語を習得した才能あふれる女性作家が強いヒロインの系譜を継いだウクライナ文学で世界文学に連なる。　ISBN978-4-910100-30-2　1700 円

ヴェロニカの手帖

ゲンナジイ・アイギ　たなかあきみつ訳　生まれてすぐのまだ語り出す前の娘と、言葉が生まれる前の世界のふるえを知る詩人が共に過ごした最初の半年。そのかけがえのない時に交わされた視線と微笑と沈黙に捧げられた詩と絵の掌編。　ISBN905821-63-0　1500 円